o livro que me escreveu

o livro que me escreveu

© Publicações Dom Quixote, 2024
© do texto: Mário Lúcio Sousa, 2024
© desta edição: Selo Emília & Solisluna, 2025

EDIÇÃO
Dolores Prades
Valéria Pergentino

PROJETO GRÁFICO E DESIGN
Valéria Pergentino
Elaine Quirelli

CAPA
Enéas Guerra

REVISÃO DE TEXTO
Madalena Escourido

Dados Internacionais de Catalogação na Publicação (CIP) de acordo com ISBD

S725l	Sousa, Mário Lúcio
	O Livro que me escreveu / Mário Lúcio Sousa. - Lauro de Freitas, BA : Solisluna Editora, 2025.
	164 p. ; 13,5 x 21cm.
	Inclui índice.
	ISBN: 978-85-5330-051-8
	1. Literatura. 2. Literatura estrangeira. 3. Livro. 4. Leitor. I. Título.

	CDD 800
2025-1372	CDU 8

Elaborado por Vagner Rodolfo da Silva - CRB-8/9410

Índices para catálogo sistemático:
1. Literatura 800
2. Literatura 8

Todos os direitos desta edição reservados à
Solisluna Design Editora Ltda e Selo Emília.

Nenhuma parte desta publicação pode ser reproduzida,
armazenada em sistema de recuperação ou transmitida,
de qualquer forma ou por qualquer meio sem
autorização prévia e por escrito das editoras e dos
detentores dos direitos autorais.

www.solisluna.com.br   www.revistaemilia.com.br
editora@solisluna.com.br   editora@emilia.com.br

· **Mário Lúcio Sousa** ·

o livro que me escreveu

 solisluna

Foto JORGE SIMÃO

A Gabo,
Diez Años de Ausencia

Nota do autor

Porque escrevo fora do Acordo Ortográfico.

Para um africano, a palavra é uma possibilidade, ou melhor, uma fonte de possibilidades gráficas, sonoras, visuais, plásticas, ditas, não ditas, interditas. Uma palavra é uma parturiente que surpreende o próprio autor, revela enganos e desenganos, sentidos múltiplos e ocultos. Logo, fixar-se dentro de um Acordo é uma limitação severa para quem usa a grafia para expressar um pensamento com origem numa outra língua, o Crioulo. A minha língua materna tem léxico português, mas toda a sua estrutura sintática e gramatical é oriunda de várias línguas africanas.

Isso daria uma palestra, ou um Tratado.

A minha opção por escrever segundo a grafia antiga é por respeito à minha tradição oral, onde a minha literatura vai beber. Convido o leitor a ler entre duas línguas, a ver a escrita certa por linhas tortas, a viver a sensação de estar ali com o escritor e seu povo e compreender uma outra forma de tratar a língua. É mais enriquecedor. É como se todo o mundo pudesse ler os autores na sua língua materna e na sua escrita paterna, sem traduções ou conversões. Ou seja, não dou o que você já conhece, mas proponho o deleite do desconhecido, do novo.

Dhyāna é quando os poderes do intelecto e do coração se unem harmoniosamente. Toda a criatividade provém daí, e seus bons e belos resultados beneficiam a humanidade.

B. K. S. Iyengar

É uma injustiça ler em três horas o que tanto tempo se levou a criar.

O Livro tem magia e vida dentro, é um passeio pelo melhor que somos, um derrame de imaginação e de amor pela leitura, os leitores, os escritores, teu povo e toda nossa gente. Tem momentos de grande beleza poética, e mais, tem uma poética sustentada que não se perde nem quando acelera, às vezes com força demasiada. Eu gosto das imagens, tantas, por exemplo, que o mundo tem uma biblioteca, que os livros são deixados juntos a jarras de água, nas janelas, e que o som da palavra cria caramelos na boca. Eu gosto do amor entre as personagens, a vida que contas e as incógnitas que não revelas. Gabo e Mercedes estão presentes, sem necessidade de nomes, a Academia se torna onírica e o José português descobre ou não bibliotecas universais. É uma novela estupenda, para ser repartida pelo mundo.

Finalmente, felicito-te e espero que este livro seja tomado e valorizado como uma bandeira, O Livro dos Leitores, mesmo daqueles que não sabiam que o eram até que a magia os tocou.

Pilar del Rio

Os azares são cépticos, existem quando acontecem. Mas há alguns que, só de imaginar, assustam tanto quanto merecem existir. Uma dessas possibilidades arrepiantes é a história aqui imaginada e contada para quebrar o quebranto, para esconjurar o que não acontecerá e, desse modo, agradecer à parte que aconteceu apesar de todas as intempéries.

Na história a seguir, onde se lê Arcanjo, leia-se Gabo; Onde está Flor vive Mercedes. Todavia, não é sobre eles a narrativa, talvez mais sobre um livro, um livro sem o qual, provavelmente, a Humanidade teria hoje menos imaginação e, certamente, muito menos escritores.

Nada do que já se sabe tem a graça do seu contrário.

Sumário

De como tudo aconteceu como nada estava previsto   15

Quando o que não chegava para uma boca foi dividido e multiplicado por três   21

E, coincidentemente, demos à luz duas fortunas: Flor, uma criança, e eu, um livro   25

A primeira provação e a primeira celebração do Livro   29

Começa a Via Sacra   35

O mistério do Livro   39

A última esperança   47

De como era óbvio que o Livro fora roubado   51

Uma segunda pessoa para complicar o de si já enredado   55

O Chefe da Estação traz a primeira boa nova   65

E a cúmplice reaparece com uma desconfiança   69

E o Livro deixou de pertencer-me	73
A chegada do Livro e outras surpresas	81
Sobre como me libertei do Livro	89
E novos livros apareceram	95
Uma chuva de livros caiu sobre a Terra	103
Antão finalmente confessa	107
E o livro e os leitores fizeram o resto	111
E chegou então a notícia mais inverosímil de toda a História	123
E eu faço a pergunta decisiva	133
A bucólica antessala de premiação	139
O momento da verdade e a minha grande mentira	147
E assim retornámos aonde tudo começou e nada aconteceu como previsto	155
A primeira e a última leitoras	157

Capítulo I

De como tudo aconteceu como nada estava previsto

Primeiro confesso: esta é a história que nunca imaginei contar.

Tinha dezassete anos quando deixei a casa dos meus pais, por uma razão que a razão para sempre desconhecerá, longe eu de pressagiar, então, que os criativos deuses da loucura confabulavam já uma escrita absolutamente insólita para mim, o que só vim a entender quase sessenta anos passados.

Falemos de livro, a pró cura porque saíra de casa, na crença de que, diante da morte iminente, eu queria eternizar-me num livro: cada livro é uma página de um grande livro por haver, onde nada está a mais, a menos, ou fora de lugar; e ler é uma doença humana que só tem extinção quando o último livro sucumbir, cenário de *per si* contra-natura, porque os próprios livros ajudam a perceber a doença e, logo, a cura, o que, resulendo e conclulivro, quer dizer que o único remédio contra o mal-de-ler, ou o bem-de-ler, é ler, acto alquímico que antecede a própria escrita e nos projecta para onde os espíritos sapientes matam a insónia.

Isso eu soube de exercer, porque, durante trinta misteriosos anos, como filho pródigo que jurou à casa primitiva nunca mais voltar, dediquei todos os dias da vida à escrita, dia e noite, saindo da mesa de escrever apenas para as necessidades humanas essenciais; a porta de casa eu só deixava para munir-me de fósforos e chaves, as duas matérias sem as quais todo o homem é tristemente primitivo.

A leitura e o amor, dotes sem os quais tampouco alma alguma é digna de seu estatuto, complementavam o resto dos meus dias, no seu bel prazer de existir um atrás do outro, sem ansiedade nem espera. Nas parcas horas de displicência, comprava também cigarros, mas isso é um desperdício que não consigo explicar, precisamente porque o cigarro está para o prazer tal como o sexo para o macho louva-a-deus.

À medida que escrevia, sem o propor e sem dar por mim a fazê-lo, vi-me a criar um belo Deus de papel, o mesmo que, com as sombras das dúvidas, começou a revelar-me surpreendentemente o papel de Deus nessas andanças. Foi assim que, de repente, aprendi o mito da genialidade, é simplesmente saber escutar o banal e infalível coração, não na metáfora de auto-ajuda, mas na lhana constatação de que temos no peito um *tambor de sangueo* – esse ritmo caribenho –, um instrumento de percussão involuntário e compassado.

A única motivação da minha vida era escrever, cutucar a palavra; e, com sua força invencível, a palavra, curiosamente amante, brotou a nadar como vacuidade no nada ainda nada, placentou, por assim dizer, apareceu e tiniu de vez o meu palpite de que estava a escrever o livro da vida, dizia-me a toda a hora, vais pré-inventar a literatura, vais imortalizar-te, e eu não fazia ideia de como é omnipotente aquilo que está para acontecer.

Na vida real, muito plebeia, na verdade, meu apelido e renome de escritor é que me salvavam, conferiram-me o essencial para alimentar o corpo, sem muita preocupação, aliás, dar fiado ao senhor escritor é uma caridade, afirmavam os meus fornecedores e anfitriões carinhosamente.

Na manhã em que o Livro se deu por terminado, naquele inolvidável dia 6 de Maio, Flor, minha esposa, e eu fizemos as contas e devíamos à pensão mixuruca para onde nos tínhamos mudado trezentos e trinta e seis meses de renda e mais outro tanto aos provedores da nossa sobrevivência, e, um reparo, se escrevo *nossa* é porque a meu lado sempre esteve uma mulher de ferro e algodão, um pilar de água doce, um manancial de cuidados.

– Terminou a escrita,

disse-lhe, finalmente, depois de trinta anos de penúria e incertezas.

Ela, Flor, resignada e púrpura, sentou-se na ponta da cama, abriu as mãos sobre o regaço para despir o mundo, inclinou a cabeça sobre o ombro direito, sinais de recobro e destino cumprido, e suspirou com voz de missionária:

– Amém, vamos aos Correios.

Levantei-me como um anjo envelhecido, uma leveza de flautim me alçou pelos ombros, levou-me a flutuar ao banho costumeiro, lavou-me como a um bambino, depois, enxugou-me, vestiu-me e apresentou-me à minha companheira de toda a vida para a verificação da galhardia de desajeitado. Flor revistou-me com agudeza, alinhou-me a cabeleira crespa de crioulo, compôs-me as faldas em desalinho e disse, estás formoso, mais nada. Com tal frase, vinda das entranhas da paciência, fechámos uma memória de mil novecentas e cinquenta páginas dactilografadas, rabiscadas e rasgadas, incluindo as quinhentas e trinta e quatro que eu levava na mão para os Correios como o original limpo e salvo.

Foleando para trás, sinceramente, já não doía nem deixava de doer o facto de aquele livro ter estado muitas vezes para não acontecer, não por preguiça, mas por desdita, pois bastou-nos recordar que houve anos de escassez em que as nossas vacas magras tiveram de comer do lixo para não perecermos; e para ninar a fome, várias noites, servimo-nos a palavra crua e a seiva invisível que costuma nutrir a tenacidade, pois eu passara a escrever de noite e a dormir de dia, na observância de que os animais nocturnos são esbeltos, gastam quântica energia necessária e comem mudos no resguardo do escuro, ao contrário de nós, pobres humanos, que funcionamos à base de uma fotossíntese troglodita, papamos três a cinco refeições ao dia, e podemos gabar-nos de ser a única espécie capaz de matar de barriga cheia, a contramão e a contrapé do que é de natura. Certos dirão que é o castigo de gula, réstias punitivas desde que o primeiro dos homens mordiscou uma maçã proibida, o que lhe valeu a expulsão precoce do Jardim do Éden e, a nós, a insatisfação mortal. Inúmeras vezes fui tentado a eleger entre morrer de fome e roubar uma batata. Não morri e não me arrependo. Noutra ocasião, para comprar um dicionário ilustrado em segunda mão, umas fitas novas e um gira-discos, Flor teve de vender dois lençóis, um prato e um par de brincos. Guardo, porém, daqueles dias, os mais belos e ternos momentos de escritor, oh, o abrir a resma de papel, com vagar, o picotar as teclas, com dulçor, o arrancar pela orelha as folhas tortas, proceder ao rasgar cutâneo das páginas imperfeitas, eram para mim sublimações da imortalidade.

Havia um princípio: qualquer gralha para mim era um erro de estilo e, quando tal me acontecia, eu retirava sem apego a página, mesmo que estivesse na última linha, substituía-a sem dó nem paixão por outra, escrevia tudo de velho e amarrotava com maestria e libertação a folha falhada para o lixo. Em troca, uma página limpa cheirava a constelação imaculada. Que bênção quando o lograva! Houve dias e noites em que, de tão obcecado e perfeccionista, por cada resma, eu tirava pulcra às vezes uma única folha, metade, um quarto, às vezes nada. Mas falhar é secundar, e isso animava-me com cio de animal insaciável.

Capítulo II

Quando o que não chegava para uma boca foi dividido e multiplicado por três

Um mar nunca vem só, diz com razão o ditado popular. No caso, em casa, as nossas torneiras curvadas de cheias de aranha espichavam ferrugem pela boca, de tanto tempo que estivemos sem água canalizada, por falta de pagamento; e no dia em que Flor vendeu o colar de sua mãe para pagar as águas municipais, quais ondas em maré de azar, desligaram-nos também a luz. Passei a escrever então à chama da vela e, para meu espanto, mais uma vez, as palavras mostraram que são clarividentes. Vieram aos saltos ter comigo, lambuzaram-se em mim, acobertaram-me e revelaram-me seus dotes de alumbramentos anti-solitude, seus rodapés de caminhos para astros e asteriscos, seus sulcos de amor eterno e seus amanheceres perpétuos, dádivas que, nos dias seguintes, me conduziram a uma transcendência enlouquecedora e enlevaram a feitos que jamais espevitei, como escrever de olhos fechados (qual pianistas eruditos chineses), ou ver a frase seguinte pendurada na anterior a balançar. Em verdade, e Flor bem mo reparou, não era eu a agir, sim o Livro, o nosso livro, a pré-existir, a afirmar-se e a pugnar pelo seu invulgar espaço no universo através de mim. Mas eu perguntei, que sociedade é essa que corta água e luz às pessoas?, que as priva, de uma cajadada, da vida terrena e da além?

O *tsunami* e o trovão, todavia, estavam a caminho.

Numa manhã de neblina erguida como véus, sem que nada o anunciasse, Flor comunicou-me no tom mais casto e prematuro deste mundo:

– Acho que estou em estado de graça.

De facto, não era uma pseudociese, como fez ressalva a enfermeira, Flor estava grávida mesmo, com enjoos, sono de pedra, apetites incontroláveis e uma escabrosa aversão ao marido.

Aprendi, assim, da pior maneira, que barriga e ventre não são a mesma coisa, pois Flor passou a comer feita uma fidalga, aprontou não sei donde os mais estranhos apetites e, de compostura, pegou o capricho de que só adormecia se eu lhe lesse em voz sussurrada as páginas escritas do dia.

– Ler na cama é alcovitar com duendes, dizia-me.

O cúmulo é que Flor era tão boa a escutar como a ler, sabia ouvir as histórias com o encanto de uma criança que não quer dormir e, obstinada, só se rendia depois de várias folhas, quando tal deusa Hypnos fenecia na planura do seu sono azul profundo. Inesperadamente, essa intempérie caiu-me como um quinhão, pois, do nada, do túnel do entorpecimento onde os deuses e os profetas fazem acordos, Flor, a dormir, tagarelava com uma precisão enternecedora comigo, descrevia-me lugares, enredava situações, nomeava sentimentos, cenários e quimeras a que, até onde eu sabia, os comuns dorminhões nunca tiveram acesso. Ela, mais do que papiar de sonâmbula, saboreava os lábios como ninfas de profissão e rememorava imagens dos recantos do onírico, como, por exemplo, ver um barco encalhado no meio da selva equatorial, ou seguir rastos de cometas perdidos pelo vácuo; e, à medida que a prenhez progredia e o sono empedernia, mais fundas se tornaram as visões, de modo que eu já não só as penas deste mundo escrevia, mas também crónicas daquelas personas que moram na rua detrás do sonho.

– Mulher tem nove sentidos,

disse-me Flor, certa vez.

Isso, na noite em que, entediada com a contagem lenta e regressiva dos dias, me sugeriu copiar à mão as folhas dactilografadas que eu amarrotava e atirava para o lixo e que ali ficavam como cérebros ressecados, «Se porventura vieres a precisar, quem sabe?», argumentou. Neguei redondamente. Nada me mareia tanto como ideias mal escritas, disse-lhe. Ela, grávida recalcitrante e pesadona, insistiu, inchorou, e de lá das suas habilidades maternais convenceu-me a gerarmos um exemplar caligrafado e único do livro, é a minha forma de participar na tua escrita, concluiu. Apesar de a ninguém neste mundo assentar tão bem como a Flor a palavra *amanuense*, pelo som das suas sílabas, recusei, pode perturbar o resto da história, respondi-lhe, ou melhor, agoirei.

O Livro, como já chamávamos ao conteúdo empilhado ao lado da máquina *Olivetti* portátil, indiferente, olhava-nos com seus trinta mil olhos de mosca, seus acentos graves e agudos, suas vírgulas catitas, seus pontos e egos sem nós, seus passos irreversíveis e frondosos. Umas vezes, eu gostava de o cheirar, de inspirar a sua fragrância plácida de estrela bebé; outras, lia-o, e vinha à minha mente a expressão *fólios nos olhos*, que são mirada dos livros, olhar de entidade, algo que supera a pura combinação alfabética de trinta e três letras e dois sinais de pontuação.

Capítulo III

E, coincidentemente, demos à luz duas fortunas: Flor, uma criança, e eu, um livro

Flor pariu a meio da escrita do Livro. Ao menino pusemos o nome de Rodrigo, alheios a qualquer remissão latinista ou germana do seu significado, acaso que nos deixaria espantados de morte quarenta anos mais tarde, quando aconteceu aquilo que aconteceu. Se a nossa situação económica já estava desumana, sua tradução verdadeira chegou no dia em que um animal preto e mole se escapuliu da janela da vizinha, brincou sorrateiro para o chão da nossa casa, fariscou, lambeu os pés da mesa, fitou-me com as duas patas juntas em sinal de esmola e miou em legatos famintos a ninar o nosso filho no berço até cair feito um violino esvaecido. Desafortunadamente, abarcámos, nem uma espinha de peixe tínhamos para lhe dar, fiquei a olhar preocupado e distante para as caçarolas amolgadas como duas bestas mesozóicas em coito na cozinha, não sabiam o que era fogo havia vários dias.

Foi então que Flor e eu engolimos o orgulho dos românticos e accionámos com sirene de progenitores os nossos amigos e familiares, porque uma criança não se compadece com a falta de provisão dos pais. Um deles, amigo inesquecível, estabeleceu-me, ou melhor, impôs-me, uma mesada rigorosa para que eu pudesse terminar o bendito Livro. «Vais ser o escritor mais lido da história», mandou-me dizer na carta para me atiçar.

O Livro fluiu para o seu apogeu de forma escorreita, junto com Flor, que, certa manhã, apareceu aérea a arrastar as sandálias e a passear a barriga com o umbigo agudo a espreitar pela casa. Nem eu tive forças para perguntar, nem ela desplante para me anunciar que estava de novo grávida. Uns meses depois nasceu Gonzalo e, na aceitação e no trabalho, montámos um lindo quarteto.

No dia do parto, a dona da pensão, a Senhora Senhoria – assim lhe chamávamos –, bateu à nossa porta, trouxe cueiro e caldo, como mandava a tradição, e, de esguelha, perguntou a Flor se tínhamos alguma previsão de quanto faltava para terminar o Livro. Coisas da língua, ela não disse provisão, pois queria saber da sua, e não da nossa barriga, fiz as contas de cabeça, «Seis meses», respondi, «Aleluia», exclamou, levantou-se e levou pelo cangote a *Linguiça*, a gata que praticamente vivia connosco.

Oito meses exactos sobre os seis dados de fiança à pensão, terminei a escrita do Livro.

Portanto, quando naquela manhã disse a Flor que tinha terminado a escrita, afirmava também a minha convicta noção de que acabara de dar à luz, e, não conhecendo nenhum animal que passe trinta anos a incubar, senti a função de ter parido algo que desafiava a própria lógica do pensamento. Era uma história literalmente contada com o coração (e, claro, com a ajuda dos sonhos). A parte intelectual estava ali precisamente para nos dizer que nada percebemos disso mesmo. A mente, sendo parte do Universo, quando pensa, engendra, os pensamentos não vão para o nada; no mínimo, eles hão-de participar num somatório desconhecido e descomunal, um buraco cuspidor de hologramas, e nem sabemos que isso se chama A Expansão do Universo, ou seja, o Universo bem pode ser uma materialização aleatória do pensamento. Mas eu queria crer que o livro que acabara de escrever era de outra dimensão, extravasava a mente e caía na esfera de uma energia que começa em mim e termina em ti, tu, folha, criança, crepúsculo, ou mãe. Para onde vão as coisas que criamos com o coração?, o amor, a paixão, a saudade, a ternura, a compaixão, o pressentimento? Disso tratava o meu livro, escrevera um livro para que quem o lesse não precisasse de mais nenhum, ou talvez fosse todos ler, porque o coração abarca tudo alguma vez escrito, a mente não.

Capítulo IV

A primeira provação e a primeira celebração do Livro

A caminho dos Correios íamos, com o original pulcro do Livro embrulhado num pano debaixo do braço. O passado perdera para nós todas as suas forças, olvidáramos tudo, contemplávamos naquele dia apenas a possança do presente, e víamos as donas de casa a sacudir suas toalhas à janela, a espiar o par de namorados fugitivos que Flor e eu aparentávamos, apesar dos cento e dois anos de idade que os dois carregávamos de forma partilhada. As pessoas na vila achavam-nos mui românticos, sabíamos, até havia relatos de adolescentes que abandonaram os pais e foram para uma pensão viver, alguns para uma cabana na aldeia, a subsistir de escrever poemas e cartas de amor, tais monges realizados, alimentando o corpo com o arroz que o povo lhes dava. Para os mais velhos, éramos, sobretudo, os novatos que do interior tinham trazido as letras e o romance.

Ombreámos triunfais a porta dos Correios. Bom dia, dissemos, a rapariga que vendia selos ao balcão levantou-se arregalada, sacudiu os dedos em expressão de grande surpresa, atravessou uma portinhola pendular, espreitou para dentro do gabinete e ciciou:

– É o escritor.

Flor despiu com mãos de fada o Livro sobre o balcão, mostrou-o à rapariga, esta chamou as colegas de boca em boca, suspiraram cúmplices com a ponta das unhas entre os dentes, sorriram e pronunciaram em coro: «Ai meu Deus, é o Livro.»

Um senhor tristonho e beato estrugiu do gabinete, veio sério ao separador, apresentou-se como o Chefe da Estação, ajeitou a gravata, cumprimentou-me com formalidade senhorial, que honra, disse, assistiu Flor na embalagem do Livro, correu a língua do frasco de cola pela aba do envelope, fechou-o como se dobra uma bandeira, garantiu que o pacote estava bem hermético, chamou uma das funcionárias pelo nome, Rita, deu-lhe o maço para que o pesasse, a senhora pôs a encomenda no prato da balança, escorregou o peso pela vareta, bateu uns toques com o volar dos dedos, anotou dois números, uma vírgula e mais dois algarismos e perguntou-nos:

– Registada ou normal?

Flor e eu olhámo-nos com impotente indefinição, ela respondeu, de momento estamos sem uma pataca, quis saber se podíamos voltar no dia seguinte, a moça acabrunhada e ríspida contestou que infelizmente não é permitido recuperar o envelope fechado e trazê-lo depois, tínhamos de o pagar ou comprar outro no regresso, está bem, disse Flor, recolheu o pano de mesa em que trouxéramos o livro, estendeu-me a mão, vamos, ordenou, dirigimo-nos em proscrito silêncio para a pensão, chegámos, subimos com pesadume os dezasseis degraus, franqueámos a porta cheios de pesar e Flor foi directamente para a casa de banho e voltou com o secador de cabelo empunhado:

– Não vou deixar para amargar aquilo que se pode fazer doce,

desabafou a caminho da porta.

Saiu com grande estrondo, levou a porta na mão, como costumamos dizer, e eu encostei-me na cama e adormeci como uma árvore.

Não sei quanto tempo passou, mas quando ela me acordou com mãos de encantamento e me noticiou «Empenhei o secador, levanta-te e vamos aos Correios», demorei um século para descer à terra, enfiei os sapatos aos tropeços, pronto, disse-lhe, e retomámos a via dos Correios. Na estrada, para quebrar a monotonia do ciclo pós-sono, contei-lhe que sonhara com uma chuva de arroz cru que fazia no ar cortinas púrpuras e soava como bater de dentes de pardais, pedacinhos de bambu seco zuniam ainda na minha latência, disse-lhe, ela riu e abanou a cabeça em resposta claudicada aos meus delírios.

De surpresa aparecemos na Estação, as funcionárias mobilizaram-se com manifesta alegria, a senhora dos selos e dos zelos postais atendeu-nos cheia de primor e tremura, foi chamar o Chefe à portinhola pendular, aquele compareceu com o envelope abraçado, saudou-nos timidamente, trocou umas palavras comigo enquanto Flor deslindava com a senhora Rita os trâmites do envio registado, e, com grande brevidade, felicitou-me e despediu-se: «Até ao próximo livro.»

Voltei sozinho para a casa. Flor quis nessa mesma manhã espalhar a boa nova para o mercado, a proprietária da pensão, a padaria, o açougue, a mercearia, a loja, o sapateiro e o alfaiate, os nossos amáveis provedores de fiados, aliás nossos fiadores, assim lhes chamava eu.

Sabia que Flor ia demorar, eram charlas de trinta anos de confiança.

No início da tarde, senti-a chegar com pés de lã, julgando que eu dormia, deu umas voltas vagarosas à chave, empurrou a porta a espreitar e, quando a abriu toda, surpreendeu-me com um lindo caravançarai, atrás dela vi entrar Plínio, o açougueiro, Xinote, o padeiro, Fernando, o sapateiro, Lela, o lojista, Luís, o alfaiate, Bi, a peixeira, e Tota, a vendedora de verduras no pelourinho, todos efusivos e cantantes como romeiros. Aclamaram-me com a cabeça, o olhar e o sorriso, porque de mãos ocupadas, e, logo, sobre a mesa depositaram pães, chouriço, tomate, banana, peixe fresco, pirão, arroz, bolachas e um vinho pedregoso importado em bidões e adulterado na cidade com sabão e miolos de pilhas.

Não me lembrava de uma casa farta assim desde os tempos das férias escolares com o meu avô paterno. Quando uma pessoa se habitua à escassez, o seu dia--a-dia veste-se de um protocolo comedido, de uma etiqueta que multiplica até o centímetro quadrado do chão que pisa. Minha avó materna chamava a isso *garcia*, uma forma antiga de dizer generosidade. Nosso mundo transbordou de fartura e gratidão.

Porque nunca tínhamos recebido tanta gente em casa, só nessa ocasião percebemos como éramos exíguos em haveres, não dispúnhamos de talheres, nem copos para visitas, e tampouco de bancos e cadeiras, mas Flor agiu com bonança, rapidamente uniu os homens no chão à volta da mesa da escrita e as mulheres na borda da cama, depois de recolher o biombo que separava os compartimentos. O quarto que fora das crianças estava abarrotado de livros, arquivos e objectos sem valia.

Diante das mais puras e clementinas criaturas que jamais conhecemos, Flor e eu preparámos e passámos a bandeja de mão em mão, sirvam-se, dissemos-lhes, e assistimos extasiados como aqueles dedos calejados desciam sobre os acepipes com a delicadeza do pescoço de flamingo, mui nobres, cada hóspede na minuciosa procura da porção menor para si, empurrando para o vizinho o troço maior. Comemos com gáudio, limpámos os lábios com a costa da mão e sorvemos o vinho rasca, então bálsamo e elixir, de gargalo em goela, até que o garrafão soou oco e, de postre, abrimos a arca das amizades sinceras.

Às tantas, perguntaram-me com infantil interesse como era escrever um livro, ora, expliquei-lhes com palavras de entender, é algo semelhante à construção das pirâmides, disse-lhes, cada palavra é uma pedra e, por dentro, mistérios e símbolos para a incógnita viagem do retorno à vida. «Hum», resmungaram, e depois jazeram sérios como doidos de estimação.

– Ao nosso Livro,

brindaram.

– Ao nosso Livro,

retribuímos Flor e eu.

E por sete mãos foi alçado o garrafão em copa, para todos coroação de trinta anos de trabalho e do seu mérito.

Na despedida, o mais velho, o padeiro, pressagiou

– Que Deus lhe dê um longo caminho.

Nem por adivinhação podia ele alcançar o que estava a dizer.

Capítulo V

Começa a Via Sacra

A semana foi de uma espera que não desejo nem a Godot. Ouvia o tempo murchar e ranger de bruços sobre os segundos, sentia curvar-se sobre os minutos a tarde e dobregarem-se até à corcunda as horas sangradas na noite. Flor e eu dormíamos à espera e acordávamos à espera, sem entender ou aceitar as razões de tanta demora da parte da editora, tanto não fosse porque precisávamos dos adiantamentos para pagar os fiados, esse era o combinado e essa sempre foi a nossa promessa. Visitámos todas as manhãs os Correios, depois duas vezes ao dia, e da porta já nos diziam: «Ainda nada.»

Um belo dia, o Chefe da Estação, apenado, chama-me, quase que me dá os pêsames, e pergunta-me se não queria mandar um telegrama ao editor, para esclarecer de vez a situação, fica por minha conta, ofereceu com abertura, não hesitei, acolhi de muito bom grado, debrucei-me sobre o balcão, arrastei um formulário que ali havia, preenchi os cacifos pessoais e escrevinhei no quadrado do texto:

«*Querido amigo Paco. Não recebemos o cheque. Seu amigo Arcanjo.*»

Entreguei o telegrama a Flor, Flor penteou-o, assentiu sobre o conteúdo, estendeu-o ao Chefe, este leu-o de um olhar, assinou por baixo, levou-o ao cubículo do telégrafo, voltou a esfregar as mãos e comprometeu-se que nos traria o pecúlio a casa logo que o recebesse.

Foi certeiro no cumprimento. Nessa mesma tarde, enquanto eu embalava a sesta e Flor remendava um vestido, o Chefe da Estação subiu esbaforido ao nosso aposento, achou a porta aberta, encostou-se na guarnição para tomar fôlego, logo sacou do bolso do casaco um papel fresquíssimo e disse-me, toma:

«*Querido Arcanjo. Não recebemos o Livro. Seu amigo Paco.*», dizia o telegrama, que li em voz média e silabada.

Olhei Flor cheio de frio, o Chefe da Estação gelado, ambos incapazes de dizer uma palavra, e enlouqueci-me a rir, e depois a pensar, toda a psique humana, e por consequência toda a história do Homem, pode ser contada pela história do riso, a começar pela primeira gargalhada, acto coincidente com o nosso distanciamento irrecuperável da estupidez. Aliás, mais do que por raças, os humanos podiam ser classificados por graças, grupos de formas de rir, porque somos muito mais como rimos, pelo momento em que rimos, porque nos rimos, do que por destrinças de cabelos e da cor da tez, que a cosmética matreiramente adultera: somos os que riem de fel, os que riem quando não sabem o que fazer, os que riem em desgraça, quando estão nervosos, descontrolados ou com medo, e ainda os que riem na linhagem da Mariana, a lendária amiga da minha mãe que gargalhava com retumbâncias de soprano quando tinha orgasmos, e ninguém se importava na vizinhança, pois todo o mundo era por ela feliz, os que tinham e os que não.

Flor não compreendeu, contudo, o motivo pelo qual o Chefe da Estação, depois de um momento de pânico e de temor, se juntou a mim e pairámos esvaídos em risos junto à parede. A causa é que não sabíamos o que fazer. Acho que é uma reacção visceral querer sufragar as desgraças com ironia.

– Vamos tomar um café,

disse Flor, deveras intrigada.

Capítulo VI

O mistério do Livro

Flor, com os seus nove sentidos em pétala, premunindo-se de que alguém podia estar a sonegar-nos um acontecimento terrível, furtou-se para o quarto, onde sempre media a precisão das suas palavras, voltou passado um bom tempo e descarregou matriarcal:

– Vamos lá desvendar onde diabos anda essa papelada.

Abriu com erguida autoridade a porta ao Chefe dos Correios, indicou-lhe a saída com a mão esticada, ele, surpreso, mexeu as pálpebras debaixo dos óculos estremecidos de gaguez, dobrou os ombros, deslizou-se sisudo pelas escadas, vamos, disse-me Flor, saímos, ela passou à frente, levou-nos até aos Correios, parou na rua, deixou adiantar o Chefe, este dirigiu-se para o gabinete, entrem, tomem assento, convidou-nos, pediu desculpas pelos prejuízos, garantiu que ia ordenar imediatamente o procedimento de *traça*, explicou, um jargão postal que significa seguir ao pormenor as pegadas da encomenda, e, com voz de patrão, pelo telefone apelou à funcionária da balança, fez-lhe uns considerandos didácticos, deu-lhe umas instruções administrativas hifenizadas e incumbiu-a de, primeiro, e rapidamente, passar a pente fino todas as malas, gavetas e cantos da repartição; a seguir, indagar junto de todas as estações intermediárias se a correspondência estava açambarcada por alguma imprecisão. Enganchou o audiofone com um ruído estalado, pediu-nos para rubricarmos a reclamação que ele, entretanto, minutara, e com o mesmo trejeito, mas sentado, indicou-nos o caminho da rua, podem ir descansados, disse. Pedimos licença e saímos.

Passado menos de uma semana, num sábado por coincidência, o Chefe dos Correios veio contente à nossa casa, trouxe-nos uma lista de todos os Correios arrolados, para que conste, pontuou, e saibam que a resposta é boa, acrescentou, porque o pior da perda é a falta de pistas, neste caso a encomenda não está perdida, apenas não foi ainda encontrada, e encerrou o assunto.

Informei Paco dessa conclusão, e ele, tranquilo e seguro, pediu-me que não me apoquentasse, eram recorrentes tais extravios, devido a comuns tréplicas de nomes e aos desencontros onomásticos que se instalaram nas nossas vidas desde a colonização, e a prática corrente era accionar os amigos na cidade, a ver se alguém teria recebido o pacote por engano.

Três dias depois, efectivamente, Paco comunicou-nos que, com base nos preceitos postais de que o não tinham entregue a ninguém, provavelmente o Livro estava emaranhado nas saídas e entradas das centenas de encomendas que abarrotavam as pequenas estações do litoral, menos mal, disse, ele conhecia o chefe regional, um amigo e bom leitor de novelas policiais, ia vê-lo, para isso servem os amigos, disse, e logo daria notícias.

O nosso ânimo achou um contentamento repentino, velámos com impaciência e apego a novidade do editor durante quarenta e quatro dias, até que o amigo de Paco lhe transmitiu o que as estações do litoral informaram, a encomenda aparecia nas traças como estando apartada numa das estações do interior. O Chefe da Estação, que andava nesses dias como menino de mandado, sem hipocrisia profissional ou sigilo de falsário, lembrou-nos de que não podia ser, pois ele já incluíra todas as estações intermediárias no seu relatório preliminar.

– Eu sabia,
disse Flor
 – Quando?,
perguntei.

– Quando me disseste que sonhaste com chuva de arroz, é sinal de alerta para não se fazer de surdo aos chamados benfazejos.

Percebi. A dita a que se referiu Flor era a que me sugeriu como mania da primeira gravidez, copiar o Livro à mão, e deixou-me profundamente emocionado saber que ela tinha na flor da boca a oportunidade para ao pé da letra me achacar, «Lembras-te do exemplar caligrafado?», e ter-me-ia dobrado de teimoso, e não o fez, Flor não me censurou, isso é amor. Meu coração bateu triste, senti que podia ter tido alguma atitude compensatória, Miguel de Cervantes decorou *El ingenioso hidalgo Don Quixote de La Mancha* de cabo a rabo, a primeira versão, diga-se, trezentas páginas a mais em relação ao volume final impresso, eu dispunha de arcaboiço e disciplina mental para isso, mas, *carajo!*, não antevi os sinais do que estava a acontecer.

Flor, mais prática e mais terrena, tomou o facto por consumado, ou seja, se o Livro não foi levantado no destino, não chegou ao litoral, não apareceu no interior, estava tão somente desaparecido, como os mortos das ditaduras. Palavras de Flor.

Eu, habitante antigo das probabilidades e dos conjuros, refugiei-me na cogitação dos cenários com o Chefe da Estação, tem de estar em algum lado, dizia, não aceitava a possibilidade real do seu sumiço, sua senhora pode ter razão, corroborou o Chefe, basta uma numeração errada sucessiva ou combinada por lapso na mala de origem: os números postais correspondem à estação final, explicou-me, e se por acaso, em vez de 7110, foi escrito o código 7010, 7001, 7011, ou coisa parecida, a procura é quase impossível, porque considerando um erro de quatro dígitos multiplicados por quatro dígitos, independentemente do valor dos selos que levava, o Livro podia estar num raio de duzentos e cinquenta e seis mil estações pelo mundo, sem contar os prováveis outros erros de correcção da numeração, sempre aleatórios, o que prescrevia um espectro de duzentos e cinquenta e seis mil sequências de quatro algarismos elevados à sua própria potência, álgebra comparável a duas vezes todos os grãos de areia de todas as praias do mundo, estávamos no tal universo caótico.

– Ninguém rouba um romance desconhecido, por melhor que seja, nem *As Minas de Salomão*, argumentei.

Flor, para colocar água na ternura, como ela gostava de dizer, assim que o Chefe saiu, afrouxou a tampa da reminiscência e começou a tararear umas floridas cantigas de roda da nossa infância, como a ofertar-me um refúgio onde não há dores. À noite, depois de termos jantado em completa mussitação, suavizou:

–Vamos dormir. A almofada amortece tudo, incluindo o desespero e o fim do Mundo.

Foi providencial. O cansaço tombou-nos no sono, sem oração prévia ou carneiradas do mar, e só volvemos à consciência com os passarinhos a picotar a alvorada, e também com o Chefe da Estação – pelos vistos dormira no posto –, que nos tirou da madorna a abanar um telegrama longânime de Paco:

«*Solicitei intervenção UPU. Paco*»

Deslindando, Paco accionara a União Postal Universal, uma instituição com sede em Berna, na Suíça, guardiã da segurança e uniformização das correspondências a nível mundial, muito bem feito, comentou o Chefe da Estação, tendo em conta que estávamos perante o extravio de uma obra de arte confiada à mais antiga e prestigiada organização mundial, os Correios, a responsabilidade tem de ser apurada, clarificou.

Flor serviu-nos o café, fingiu que soprava um Aladino que saía do bule quente em direcção às nuvens, e com o ar mais humilde e serviçal que lhe vi em toda a vida, pôs assim fim à diatribe:

– Sei todo o Livro de cor.

– Vai parecer a história de Anna Akhmatova, ressalvei.

– Quem?,

indagou o Chefe da Estação.

– Anna Akhmatova, a poetisa russa, quando o regime soviético lhe queimou todos os papéis e livros e a baniu, cada morador memorizou um trecho do seu longo poema *Requiem* e, graças a isso, a obra pôde ser recuperada e publicada cinquenta anos depois.

A conversa terminou ali. Mais tarde, já sozinhos, olhei para Flor num canto a pentear-se à espera ainda da minha resposta, fixei-a longamente, arrepiou-me uma dor fina e penetrante, não me contive, chamei-a e desnudei-lhe então o meu real medo de voltar a escrever o que eu já sabia, disse-lhe que isso me trazia à memória os catorze mil e seiscentos chicharros de olhos lânguidos de fim de tarde, o cheiro pétreo de salitre adormecido, a cegueira funda das cenouras esburacadas, as cristas caídas das hortaliças mofas de véspera, os queijos de cabra com icterícia, as mandiocas com aquele sorriso seco de quem perdeu os lábios, era isso, jamais conseguiria escrever com tais lembranças, agradeci-lhe a devoção, levei a minha mão devagar ao rosto dela, acariciei-lhe os cabelos molhados sobre o vestido, pedi-lhe que entendesse o meu dilema, não era a escrita em si que me atormentava, pois podíamos invocar as palavras maceradas, as imagens curadas, os contextos e seus encaixes, os sentimentos envelhecidos na própria textura; podíamos ressentir os sabores fermentados no seu coalho, os saberes cozidos no seu caldo, as acções definidas na assinatura da sua longa genética; podíamos reavivar os sonhos da natureza de si, retomar a alma secreta que religa cada um com todos os outros, podíamos, sim, mas ficaria a faltar-me aquele deslumbre mágico que é o insabido.

– No fundo, eu tenho a má virtude de sofrer cruelmente com a repetição,

resumi.

Flor, na sua calcada pele de madre superiora, espetou-me uma espiada arguta de moça e, com grande tenência, correspondeu:

– Vamos achar O Livro, mesmo que cem anos decorram.

Capítulo VII

A última esperança

Mais de um ano escorrera, entretanto, quando uma carta de Paco chegou a comunicar-nos que a União Postal Universal vasculhara todas as estações da Terra, de Nova Iorque àquela estaçãozinha de Portugal onde o carteiro escrevia cartas para destinatários nascituros, adquiria a si mesmo os selos, estampava-as, depositava-as no bueiro da empena, recolhia-as na gaveta de dentro e, a cada quinze dias, distribuía-as para a sua própria residência, contando que o seu posto na aldeia de uma só pessoa não fosse extinto, fez isso durante vinte e dois anos, até à manhã última em que o maquinista da locomotiva leiteira que atravessava a aldeia soou o apito, os habitantes saíram para se inteirar da desgraça e depararam com a Estação dos Correios fechada pela primeira vez, o carteiro tinha morrido, e os amigos, no adeusinho final, sepultaram-no com um sobrescrito lacrado nas mãos a dizer *Carteiro de Deus que livrais os recados do Mundo*, como dizia, varreram tudo, e nada encontraram, todavia, adiantaram, segundo as normas internacionais pelas que se pautava, um raio de esperança dormia no fundo dos mares, nas únicas caixas que restavam por inspeccionar, a saber, as cinco caixas postais debaixo da água: a da ilha de Hideaway, em Vanuatu, submersa a três metros da superfície do mar e subsidiada por um funcionário que periodicamente mergulhava, subia com os cartões e carimbava-os com um dispositivo de alto-relevo, para não usar tinta que podia contaminar a água; a caixa postal da cidadezinha de Susami, no Japão, a dez metros de profundidade, aviava anualmente cerca de mil e quinhentos cartões-postais com endereços preenchidos à base de óleo de fígado de bacalhau; a da ilha de Layang-Layang, na Malásia, trinta metros abaixo da superfície do mar, embarcava as correspondências dentro de sacos laminados com escamas de arowana branco, o peixe mais caro do mundo; a da cidade de Risor, no litoral sul da Noruega, a quatro metros de profundidade, usava papéis impermeáveis com cheiro a truta fumada; e, por último, a das Bahamas, a primeira caixa de correios subaquática do mundo, fundeada em 1939 por John Ernest Williamson, um dos pioneiros da fotografia submarina, e essa tinha uma característica que nos deixou exaltados, estava abandonágua, passe o termo, havia mais de trinta anos e, correntemente, às vezes por lapso, às vezes por retribuições de nostalgias anquilosadas de antigos turistas, uns correios lá iam dar, eram recolhidos sazonalmente quando um fenómeno raro acontecia e levava a maré para a borda do horizonte, as crianças e o carteiro ousavam passear de bicicleta na areia do alto-mar e traziam as relicárias correspondências a que chamavam calcinhas de sereia.

Flor, após tudo escutar com um desinteresse caprichado, recolheu-se ao quarto, sentou-se de pernas abertas em cima da cama, sua maneira amazónica de avisar que não admitia contrariedades, e raciocinou em voz alta, pisando com o indicador da mão direita os dedos da mão esquerda, ora vejamos, disse, Maomé fez mover a montanha, certo?, Jesus andou sobre as águas, certo?, Moisés fez abrir o mar para passar, certo?, existirá debaixo das águas algum Deus?, perguntou.

– Neptuno, o pai de Atlas,
respondi.

– Vamos então acender-lhe uma vela,
disse Flor.

– Uma vela de barco,
acrescentei, e dei uma gargalhada.

Ela, sem esboçar gracejo, levantou-se, foi à cozinha, trouxe a vela dentro de um pires com água, posicionou-a no alto da lareira, acendeu-a, benzeu-se, persignou-se num voto imperceptível e ali ficou em contrição, diante da imagem do pavio flamejante a dançar sombras na parede, vislumbrei nele um mar amarelo de ondas purpurinas, uma vaga de ilusórias aparições, um estival de véus em ventres luminárias, e com isso iluminei-me, realmente, nada tem existência intrínseca, nada aparece ou desaparece, tudo está, macro e micro, galáxia ou gema de ovo, o Universo inteiro para fora não é maior do que uma bactéria dissecada para dentro, tudo é tao, sem til, iguais na infinidade e na infimidade. E compadeci-me de Flor, captei no fundo e no alto da nossa existência a frágil matéria que compõe a pedra e a laranja, o vulcão e o ouriço, a serpente e a levedura, a calota e o pólen, abracei seu, e nosso, presente incomensurável, Mãetéria chamei-lhe na hora, a mãe da nossa fragilidade, portanto, são uma não-vida os lamentos diários, eu estava a chorar sobre o livro derramado, a planger por aquilo que se fora, em vez de agradecer por aquilo que eu tivera e, de facto, tinha, o impagável, ter alguma vez escrito O Livro.

Flor perguntou-me se estava a rezar também, «Sim, de certo modo», contestei-lhe.

No final, tudo serviu para nos ajudar a aceitar que o nosso destino navegava completamente à deriva, pois, sem o Livro, os sinais de que a vida ia melhorar se desvaneceram, e isso acarretava deixar os nossos filhos, Rodrigo e Gonzalo, com os avós que os tinham criado. Flor não dispunha de mais valores empenháveis, eu dispensara a mesada com a conclusão do Livro, quatro bocas custavam muito mais do que o sustentável, sabíamos, portanto, estava gorado o nosso plano de os trazer, eles que viviam longe desde que entraram para a escola primária. Apesar dos encontros anuais nas férias, a saudade e a culpa pesavam, pois a verdade é que a distância dos filhos só estica o cordão umbilical.

Capítulo VIII

De como era óbvio que o Livro fora roubado

Daquelas águas, nem bons ventos nem bons sortimentos porém chegaram. O Livro, afinal, não jazia no fundo dos mares, como esperançámos, e sua derradeira busca foi um expediente formal para enterrar de vez a bússola, vá lá, embora nos tivessem dito que, por imposta observância dos procedimentos, havia ainda uma finíssima e quase inexistente luz no fundo do céu, a estação postal especial da Lua.

– Lua?!,

exclamou Flor.

Levantou-se da mesa como uma generala, puxou do outro lado a cadeira, mandou-me sentar com uma ordem cansada, deu-me a caneta, estendeu o papel com duas palmadas de amansar, sei que não tens jeito para essas coisas, deplorou, mas é melhor escrever antes para a Terra, disse, apontou para a folha e ditou:

«*A todas as pessoas do Mundo, ponto parágrafo.*

*Eu, vírgula, o escritor Arcanjo de Deus, vírgula, perdi meu livro manuscrito, ponto. Trabalhei nele du*rante *trinta árduos anos, ponto. Peço assim penhoradamente a quem o tenha recebido por engano, entre parênteses, ou por outra estrela, a gentileza de o remeter para o endereço do editor Paco Relva, mediante boa gratidão. Ponto final.»*

– Põe aqui em baixo o endereço, indicou.

Concluí, ela controlou-me com picardia e maternidade, inquiriu-me como a um menino escolar se eu sabia o endereço postal de Paco, nem esperou a mostra da dúvida, foi à cozinha em grandes passos, trouxe-me anotado na palma da mão a direcção e em sentido esperou para a verificar.

Enquanto cumpria essa parte, sentindo a sua sombra de mãos nas ancas em cima de mim, relembrei o dia em que a conheci, menina dada nas suas tranças e no seu vestido de chita, indómita e plena daquele amor que desconhece riscos, aquele amor de todas as metáforas, de tudo, de cantar o vinho, de tonar o violão, de reter a respiração, como dizia um estribilho popular, tinha ela catorze anos e eu dezassete, perguntei-lhe se queria casar comigo, desatou a correr para a casa, e só voltei a vê-la de perto quando, um dia, da janela onde me esperava me rasgou um beijo atrevido e ficou a sorrir. Então, levantei a cabeça para encarar a figura determinada e, só de ver seus olhos duas lagunas, tive vontade de chorar, pelo tanto que passáramos para escrever o Livro, e, agora, num estalar de dedos, vê-lo assim desaparecer, paciência, Florcita, exclamei, para dizer alguma coisa razoável, e filosofei que, diante daquilo tudo, só havia três hipóteses: o Livro nunca existira, não era senão uma criação na minha mente; existira e desistira; ou se desmaterializara. Para todas elas nutria a mesma agonia, disse-lhe, no primeiro caso, o inexistente existe, ou inexiste até o pensarmos; na outra tese, o Livro podia estar desviado do seu nascimento, para renascer em mãos que o não criaram mas criarão; e, por último, o Livro podia estar no Antilivro, no retorno à vacuidade, onde não existe, nem inexiste, é apenas uma possibilidade. Um escritor não pode viver sem respostas, augurei-lhe, nossa missão é encontrá-las, seja na imaginação, na invenção, na loucura ou no inexplicável, por isso, para mim, repeti, a história acabada ainda não tinha começado, faltava uma resposta. Ponto de interrogação. Ela deu-me um beijo mesmo no centro da moleira, foi até à janela conversar com os pássaros, virou e disse:

– Ai se as palavras falassem...

Capítulo IX

Uma segunda pessoa para complicar o de si já enredado

Um pernil fumado, uma garrafa de vinho, um bolo de milho, uma bolsa com um nó que fazia um bico de papagaio, apresentaram-se em cima da nossa mesa, como num milagre caseiro da multiplicação. Aliás, a palavra milagre começou a desdobrar-se, a tornar-se cada vez mais uma evidência, um bastão e uma súplica. Para além dessas prendas confeccionadas pelas senhoras dos Correios, o Chefe da Estação trouxe-nos ainda de sua casa dois copos de oferta, tinha reparado, com seu ar de nunca estar no sítio, que só havia um copo em nossa casa. Tanto o mastigar como o engolir foram muito castos, e falámos pouco, na expectativa de ver se algum sinal se transubstanciava do naco de pão em palavras, ou da gota de vinho em clareza.

Não estava ainda bêbado – que isso me dava sempre para dançar –, pus-me a divagar sobre o vinho, o mais transcendental dos elixires, o néctar que menino Deus da mamadeira bebeu, disse eu, e o Chefe da Estação ruborizou-se, incomodou-se visivelmente e contrapôs que o vinho é sangue de Cristo, e o torresmo?, perguntei-lhe, essa iguaria injustiçada pelo epíteto de Satanás dado ao porco, o toucinho merecia o mor das beatificações, ele não respondeu, ignorou-me, ergueu o cálice, desconfortável com o assunto do porco e sua associação a Deus, desviou-se e perguntou cuidadoso:

– O senhor Arcanjo não fez o seguro do nosso livro?

O trago foi-me pelo revés abaixo, *carajo*!, tossi, *carajo*!, gotejei vinho pelo nariz e continuei com as interjeições do mais baixo calão que eu sabia.

– Brindemos,

interrompeu Flor.

Suspendemos zarolhos os nossos copos, vidros novos ainda cintilantes, predicámos sinceros votos ao Livro, à vida e à quadra natalícia, o Chefe da Estação agradeceu pelo acolhimento, desejou-nos a continuação de uma boa ceia, tudo muito repentino, desculpou-se, porque a família me aguarda, e esguiou-se a ajeitar as abas do casaco.

Flor mirou-me com a testa enrugada, apoiou as duas mãos no tampo da mesa, o polegar em cima e os outros dedos a tamborilar por baixo a madeira, fisgou-me com os olhos piscos e arguiu-me:

– Esse mameluco esconde-te algo.

Quando eu ia refutar, escutámos uns passos lentos a concar nas escadas, logo fez tuc, tu-tuc com o nó dos dedos na porta, disse «Sou eu» e conteve a respiração. Eu vi um matador frio e psicopata a entrar, Flor soergueu-se, puxou o trinco, entreabriu devagar a porta, e da penumbra da tristeza saiu-nos um Chefe da Estação compadecido, asmático e tartamudo:

– Arrumem-se, venham comigo,

disse.

Flor perscrutou-me cheia de desconfiança, Seja o que Deus quiser, regouguei, pusemos por cima da roupa o xaile e o casaco, salpicámo-nos de água de cheiro e descemos rua abaixo, Flor agarrada às duas pontas do xaile, e eu matreiro como um suricata.

A cidade parecia um barco cruzeiro ancorado, com seus enfeites de planetas mirins a tremeluzir nas acácias, as luzernas mortas sobre os passeios, os fritos, os doces, as velas, a pólvora e a naftalina suspensos sobre o rosto de uma noite turva de músicas confusas. Na rua, o oco descompasso de seis tacões desengonçados na calçada ecoava sob uma brisa fresca, que nos foi soprando a fronte, arrefeceu o suor da bebida e nos emprestou em boa hora um equilíbrio tímido aos passos.

O Chefe virou na primeira esquina à esquerda, Flor e eu vimos que íamos na direcção do edifício dos Correios, não dissemos nada, esperámos angustiados, ele abriu a porta com um grande carrilhão de chaves, acendeu as luzes com um clique na parede, apontou-nos o cubículo vermelho com o telefone colgado no fundo da sala e disse:

– Dêem-me os números, falem com os rapazes.

Flor sorriu, cantou de cor os algarismos, o Chefe anotou-os solícito na palma da mão, trespassou o balcão, demorou uns minutos e, de repente, ouvimos um trinar apressado dentro da guarita vermelha, Flor entrou, desenganchou o alto-falante e o microfone, encostei minha cabeça à sua, e ei-las, as vozes mansas dos nossos rapazes a ressoar. Afogados em palavras, disputámos o tempo e o espaço do éter, Rodrigo paciente de um lado, Gonzalo parco do outro, a avó a gritar «saudades» e o avô a insinuar que os grandalhões andavam de amores feitos, até que, atabalhoadamente, «Feliz», disse eu, «Natal», complementou Flor, e saímos daquela sauna orelhuda. As nossas feições tinham mudado. A voz contém toda a carga da espécie humana.

O Chefe da Estação retomou o comando, galgámos as ruelas, conduziu-nos para o fundo de uma passagem fosca com bafo de serradura e parou diante de um edifício verde de fachada conventual. Meteu a mão no forro do casaco, tirou uma grande chave de ferro forjado, abriu uma porta ocre de ângulos de rebite, passou-nos por um corredor húmido de cavername de bacalhoeiro, subimos uns degrauzinhos de xisto desgastado, ele saltou à frente, tocou uma sineta colgada no aro direito da entrada, aguardou um bocado, Pode abrir, ouvimos, tirou da algibeira mais uma chaveta de cobre, desbloqueou a segunda porta, apontou para dentro e disse:

– Meu palácio, meu pardieiro, sejam bem-vindos.

Cambámos para um aposento quente de cheiro frio, os cantos forrados de ícones, santos, bandeiras, medalhas, moedas comemorativas, louças, bolas de golfe, sapatos de gesso, garrafas vazias, círios e uma colecção filatélica mofa que ilustrava mais de quinhentos anos de trocas comerciais entre a África, a Europa, a

Índia e as Américas. No meio daquilo, inacreditavelmente, viviam duas criaturas cheias de desinteresse de viver. Tudo sobressaiu à primeira vista, filhos não tinham, naquela casa, onde as futilidades de vidro estavam todas à mão de brincar, nunca gatinhou uma criança, e animais, se tivessem, gatos não, que gostam de roçar, talvez um papagaio de companhia, ou um espelho vivo.

A mulher, vestida de godé e de ombros cobertos por um xaile de lantejoulas, cumprimentou-nos em evasão e, depois, com um luto alegre, disse:

– Se fosse eu, morria.

De seguida, dobrou-se sobre a mesa como numa tacada de bilhar, alisou a toalha com palmas de veludo, arrumou com placidez os pinhões e as carumas do Natal e lamentou com voz de *miserere*:

– Choro e oro todos os dias pelo nosso livro.

Antes que nos pudéssemos manifestar, o Chefe adiantou que na missa, nos funerais, no mercado, nas repartições públicas, por onde passassem, as pessoas perguntavam-lhes com grande pesar pelo «nosso livro», e algumas tinham replicado das mais diversas maneiras o anúncio que os Correios difundiram.

– São trinta anos de paixão,

apontou Flor.

No exacto momento, os sinos da igreja repicaram doze tons estridentes de bronze, a sala reverberou-os com um ondular soturno e imergiu-nos no sopor de uma Eucaristia salmodiada que vinha de um rádio escondido entre a ramagem da árvore de Natal.

A anfitriã fez três sinais da cruz (o primeiro na testa, o segundo na boca, o terceiro no peito), e proclamou:

– Jesus Cristo ressuscitado esteja entre nós.

O Chefe disse amém, pegou um cálice, girou-o para ver as pernas do vinho a escorrer, cheirou a bebida a ondear, sorveu um gole, estalou a língua e pinchou-me:

– No seu letramento, senhor Arcanjo, quais seriam as condições para que eu, por exemplo, ressuscitasse?, ou a Verónica?

– Verónica?, perguntei.

– Minha senhora, é conhecida como a mulher do Chefe da Estação, mas seu verdadeiro nome é Verónica.

A propósito, disse-lhe, faz dois anos que nos conhecemos e eu ainda não sei o nome de baptismo do senhor Chefe da Estação.

– Chamo-me Antão, como Santo Antão,

contestou-me num tom jocoso.

Verónica acendeu uma vela vermelha com odor de santa catarina, uma erva que dávamos aos patos – empestava entre a pimenta verde e a flor do tortolho –, pediu-nos para nos levantarmos, balbuciou uma oração curta da abertura do peru e, de coda, augurou: «O Senhor há-de vos dar muito mais do que perderam.»

– Amém,

correspondemos.

E inaugurámos a ceia. Trincámos o pato, não era peru, bebemos com rectidão o bom vinho, conversámos muito sobre a vida e, tarde na noite, Flor e eu regressámos a casa.

A trotar pelas mesmas ruas acesas de janelas raspadas, de repente, um estranho barulho de coisa orgânica a ser cortada a machim fez-nos abrandar acuados, que vem a ser isso?, perguntei, coloquei a mão em concha atrás da orelha, os sons vinham de vários quintais em alternância, oh, estão a cortar lenhas para a festa do *mata-galo*, Flor confirmou, é amanhã a tradição da cozinha colectiva para dar de comer aos pobres, e perguntou-me se não tinha saudades da missa do galo, não me deixou responder, abraçou-me pela cintura, virou-se e arrastou-me docemente para o largo da igreja matriz.

Um hino alegre entoado por um séquito de fiéis aspergidos pelo hissope e fumegados pelo turíbulo nos recebeu nas arcadas. Num ambiente de profunda luminosidade, eles subiam vivos para o céu, os cabelos esticados para cima, as pontas dos vestidos e das saias em campanas abertas para baixo, a boca das calças em cata-ventos perpendiculares, os pezinhos a redemoinhar voragens de borbulhas de ar no ar, içados por uma beatitude de enternecer qualquer deus atento, e lá ao fundo, venerado e idolatrado, um Jesus cabisbaixo ouriçava reflexos nos cristais da abóbada do altar e sangrava para todo o sempre na sua coroa de espinhos. Contive-me magoado. É muito desolador um homem ter compaixão de Deus. Afastei o olhar. Então, vi Flor a atravessar a multidão em direcção à cabeceira da missa, só e única nessa direcção, andou, ou melhor, nadou como um salmão a montante do rio, arribou ao altar, reacendeu uma vela murcha e lacrimosa, susteve o ventre com sóbria devoção e orou. Eu, com as mãos atrás das costas, fundido com ela, devotei-me a contemplar o presépio, a imaginar o quão feliz terá sido Jesus na sua inocência e sabedoria, antes de ter aprendido que a ignorância e o desejo são a fonte de todo o sofrimento.

Foi nessa contemplação que apareceu num canto escuro uma mulher desagasalhada a embalar uma boneca, parecia alheia a todos os conceitos, métodos e simbologias da noite. Transferi para ela a compaixão, a mesma que eu teria para com a mãe de Deus. Mãe é mãe.

Flor regressou, parou junto da mulher – parece que nos vinha observando – e entregou-lhe uma moeda de um dinheiro, «Noite feliz», desejou-lhe, deu-me a mão e tirou-me para o adro onde homens e mulheres recém-comungados desfrutavam do salutar parlatório pós-missa, todos de cabeça coberta por lenços e chapéus, não fazia sol, mas os catequizaram que nem só do sol e da chuva deve a aura ser protegida, é mister também resguardá-la do enguiço do próximo e das botas de Satã.

– Onde arranjaste o dinheiro?,
perguntei-lhe com um riso inquisitório.
– No pecado,
respondeu-me.

Sem mais cavaco, agarrou-me novamente pela cintura, ajustou seu passo esquerdo com o meu direito e bamboleámos rua acima, felizes por voltarmos aos dezassete, trinta anos depois.

À porta de casa, ela soltou-me, puxou às apalpadelas a chave da algibeira interior, introduziu-a com minúcia na lingueta da fechadura, girou o pulso duas vezes, entrou e, sem tempo de acender a luz, furtou-se com grande classe para a casa de banho, e ainda teve controle de fechar a porta. Ri-me a admirar essa qualidade feminina, pois eu de urina apertado nunca seria capaz de encontrar a maldita chave, muito menos ultrapassar o meio da sala seco, mas, enfim, elas não são deste mundo, resmunguei, acendi a luz, e, por jamais estar à espera, levei com uma violenta pancada de susto, que me ricocheteou com estrondo contra a porta, *Credo vade retro*, gritei, Flor acudiu a desenvencilhar-se das roupas, viu-me gelado, agarrou-me, gritou-me, sacudiu-me com toda a força, tentei falar, mas as palavras não eram inda nascidas na minha língua atravancada, deu-me uma bofetada do lóbulo da orelha ao cupim da barbela e a frase saltou por entre engasgos:

– O Livro em cima da mesa,

apontei.

Ela bispou-me com dó, passou-me os dedos quentes pela face, virou de costas, pediu-me que lhe desatacasse o colchete no cós do vestido e confidenciou-me:

– Não há vez que abra esta porta que o Livro em cima da mesa eu não veja.

Deu meia-volta, despiu-me a camisa com propositial sensualidade, caiu de cabeça no meu ombro, escorregou as mãos pelo meu peito, desafivelou-me o cinto, premiu-me os calcanhares para tirar-me os sapatos, arriou-me as calças, pé ante pé por cima da roupa, sacou-me para debaixo da ducha, abriu o ducto, pôs a água a correr e desatou-se aos soluços.

– Pelo amor de Deus, Flor, não chores,
roguei-lhe.

– Choro porque és um homem belo,
respondeu-me.

Tirou-me do banho, enxugou-me os cabelos, a face, os lábios, a verruga, as axilas, os mamilos, o umbigo, apontou-me a cama, estendeu-me como um canteiro, tapou-me até ao pescoço, beijou-me a fronte e declamou:

– Se pudesse, escreveria um livro só para ti. Agora dorme.

Capítulo X

O Chefe da Estação traz a primeira boa nova

Foi o grito mais aguardado da história da literatura, «Chegou, chegou», ouviu-se em toda a extensão da Terra, eram oito horas da manhã. Flor e eu espreitámos pela janela o pregão, vestimos o roupão em farfalhos e fomos abrir a porta para, de uma assentada, entrar Munch, Van Gogh e Antão numa só tela, O Grito: «Chegou, chegou.» Arfante, o Chefe da Estação aproximou-se e colocou um cheque morno no côvado da minha mão, o papel ficou a estrepitar como um peixinho nas malhas de uma rede, peixinho de ovas de ouro, diga-se, e nós três em tremura a repetir, chegou, chegou.

Mais do que rara fortuna, a figura do peixe, na circunstância, proclamava duas fadas, a nossa e a do Livro. Uma pagara a outra. Paco, nosso amigo editor, que sempre gostou de travessuras e amava fazer surpresas, não nos sobreavisara, e, ao enviar um cheque no lugar do telegrama, cobriu de uma cantada dois santos, respondeu a todas as preces e deu-nos todas as respostas.

Antão, depois de recuperar os pulmões a arrastarem-se pelo piso, assentou o fôlego, apressou-se e disse com lástima:

– Celebramos noutra ocasião.

E saiu com passos ligeiros de bom alvissareiro, tinha de reportar aos serviços nacionais e internacionais o achamento do Livro, disse.

Flor e eu revistámos os baús à procura da melhor roupa, engalanámo-nos devidamente e descemos finalmente a rua para irmos trocar o cheque da salvação.

Os bancos cheiram a mercúrio, isso eu sabia de imaginar, mas o da vila tinha odor a chumbo cozido e exalava um perfume frio dos lugares lavados com trapo mofo e misturados de naftaleno. Espalhados pelos sofás, os agiotas geriam seus ares de preocupação, o cabedal barato das carteiras no pulso das madamas apestava a manjedoura, e o suor azedo dos devedores de impaciência triste pairava com as orelhas encostadas ao ombro às dez da manhã. Aguardámos de pé junto à porta.

Quando chegou a nossa vez, Flor sacou o título, mostrou-o ao tesoureiro, este mexeu as sobrancelhas como asas de colibris, suspendeu o corpo da cadeira, sorriu-nos com mesura e verbalizou: «É no *guichet*.» Entendemos que tal francesismo significava postigo em linguagem bancária quando o valor era sumptuoso, deslocámo-nos para o janelo onde um funcionário calvo tocava harpa em blocos de papel-dinheiro, bom dia, dissemos, ele soergueu-se serviçal, contornou o balcão, trouxe uma almofadinha plana, com elegância e mordomia, tudo bem ortodoxo, tudo parte do prestígio do banco que o banco reflectia no prestígio do cliente, rogou-me a assinatura do senhor escritor no dorso do cheque, aqui, puxei a minha esferográfica, caligrafei devagar o documento, ele conferiu a rubrica, disfarçou debaixo da almofadinha a caneta *Parker* que trazia para o evento, encaminhou-nos a uma saleta adornada de prata e entregou a Flor várias pacas húmidas de dinheiro condicionadas com um elástico verde. Flor estivou-as na sua bolsa de senhora, não couberam todas, o bancário sugeriu empacar as restantes num envelope, auxiliou na estiva, perguntou se não queríamos deixar parte do dinheiro depositada no banco, havia aplicações, bónus, juros, dinheiro pare dinheiro, dinheiro parado não rende, etcétera e usura, não, muito obrigado, respondemos, Flor tirou uma nota de cem e pediu-lhe que lha trocasse por moedas, o homem assim fez e partimos.

Na rua, Flor deu-me umas recomendações didácticas sobre como espalhar as notas em baixo do colchão, vou cumprir umas promessas e em segundos estou em casa, adiantou, deu dez passos, voltou e disse que queria pedir-me solenemente que lhe guardasse um segredo, prometes?, prometi, e ela revelou-me que, em verdade, ia à igreja devolver a moeda de um dinheiro que pediu emprestado a Deus na noite da missa do galo, e formulou o pedido:

– Enterra o segredo contigo.

Sorri, jurei respeitar o prometido, ela beijou-me, afastou-se a caminhar catita pela calçada, eu parti na direcção oposta, a pensar na ideia do pecado, da caridade, do próximo, e, num passo, prova de que o pensamento tudo atrai, o caminho apinhou-se de pessoas sorridentes a congratular-me, muitos parabéns, senhor escritor, muitos parabéns. Antão e Verónica espalharam pelo mundo a notícia do aparecimento do Livro.

Capítulo XI

E a cúmplice reaparece com uma desconfiança

O pão quente de crosta fendida, o chouriço apimentado, a linguiça acre, as verduras frescas, o peixe de guelras abertas e olhos vidrados, a fragrância do colorau, o chocalho do arroz, a raspa da folha de louro, o agudo curto do sal, o saudoso frescor do sabão de lavar, o expansivo queimado de uma caixa de fósforo com a lixa casta a roçar nas coisas: isso era Flor chegada do mercado. Eu amava o remexer dos sacos de papel, o arrumar farto das prateleiras, a maestrina gestualidade do guardar os alimentos, o adágio quieto do murmúrio feliz, tudo nos seus sons e timbres justos, sempre alegre *ma non troppo*, e, de *fermata*, a cozinha transformada num dispensário festivo. Cada acto, na verdade, me lembrava a minha mãe, quando ela, uma vez por ano, chegava das feiras com as compras. Faz-me cócegas na memória o cheiro a festa, Flor sabia desse meu encantamento com os mimos e regalava-me o momento.

Arranjada a sintonia dos alimentos, Flor encostou-se ao fogão e contou-me com encenação o regozijo do padeiro, do açougueiro, do alfaiate, do lojista, do sapateiro, das mulheres dos víveres e da dona da pensão, a Senhora Senhoria, principalmente desta, que elogiou a honestidade do meu trabalho e solicitou que, doravante, minha esposa a tratasse por Margarida, seu nome de igreja, disse. Nem por um punhado de estrelas poderiam dois nomes ser mais harmoniosos.

Três dias depois, o brio da lavanda, a lisura das cortinas frescas, a verdura das plantas, a alvura das toalhas e as demãos de pintura, hurra, pariram uma casa lindamente briosa dentro da nossa e eu, de soslaio e rapacíssimo, retomei o velho hábito de assobiar, coisa que não fazia desde os meus dezassete anos, com a substancial diferença de que, agora, emitia um fio trémulo pelo diastema, uma ventania enrugada de falsas notas, um disfarce de pesadas amnésias.

Com tais renovações, decidimos também que chegara a nossa vez de convidar o Chefe dos Correios e sua mulher para uma janta, adiantando-lhes, a pedido de Flor, que outra festa seria entretanto dada por ocasião da Páscoa, especialmente para os nossos fornecedores e as tão amáveis e pacientes mulheres dos Correios, só precisávamos de um espaço amplo.

Antão ficou radiante com o convite, disse que Verónica obteria com facilidade o salão paroquial para a festa, ela é amiga do padre, informou, sabíamos, aliás, sua autoridade junto da cúria fora de impagável valência aquando do anúncio do extravio do Livro, fora ela quem levara pessoalmente o assunto ao pároco da freguesia, que o subiu ao bispo da diocese, este ao Papa, nessa ordem, e a publicação foi replicada e conhecida em todas as paróquias da Terra. Não houve cristão que não tenha sabido do desaparecimento do Livro e do seu achamento posterior.

O jantar aconteceu no dia 21 de Março, data escolhida por ser da árvore e da poesia. Antão e Verónica compareceram à hora marcada, distantes como noivos velhos, cheios de merendas e acepipes, arrumaram seus pratos, oraram, comemos, bebemos e, descontraídos, discorremos sobre os pequenos sentimentos esquecíveis, tais o ciúme e o orgulho, e também sobre as grandes maravilhas da vida, aqui a saudade, a meninença e a entidade que são as avós.

A copos tantos, deu-me para retomar um antigo e pendente tema, a ressurreição, e escusei-me com grande atraso pelo facto de não ter podido em tempos elucidar a questão, mas, em contrapartida, confortei-os, sabia com longa trajectória o rosário dos milagres, e podia ilustrar com dois acontecimentos particulares: a história do meu irmão Eurico, pessoa que viveu dezoito anos depois da sua primeira morte; e a aparição que se fez na véspera de eu ser padrinho de baptizado do filho de um amigo, quando, sem um tostão para um presente, durante um passeio a um parque, vi nascer misteriosamente do chão uma pulseira de ouro com um cordel cintilante a dizer: *Lembrança do Padrinho*.

Antão tossiu, bem, disse, apontou para o seu enorme relógio de pulso, percutiu o indicador sobre o mostrador para inferir que já era tarde, bateu sua mulher no ombro, vamos embora, cochichou, e Verónica, obediente, tremelicou e desmaiou laxa em cima dos sapatos. *Carajo!*, gritei, Flor deu um pulo, mas Antão reagiu sem pânico, agachou-se e trouxe-a de volta com umas palmadinhas leves no baixo-ventre.

Eu fiquei a pensar: os humanos bem que podem ser classificados pela maneira como desmaiam: há gente que colapsa breve, flutua; outras se descoroçoam arrombadas e moles; algumas preferem dizer que tiveram uma lipotomia, e sorriem; há-as pesadas, toscas e espumadas; e também aquelas que caem segundo um roteiro e curtem a ocasião desde o pré-desmaio até Junho, como se diz na minha aldeia. Subitamente, Verónica, como vinda de uma feira de finados, encarou-nos com plácida alienação, recompôs-se desde o espaço sideral, fechou as pernas com rapidez, olhou para o chão e perguntou:

– Falei alguma coisa sobre o Livro?

– Vão com Deus,

retribuiu Flor.

Capítulo XII

E o Livro deixou
de pertencer-me

A Páscoa chegou, as mulheres dos Correios trouxeram os seus maridos, as suas irmãs, as cunhadas e seus respectivos namorados, estes as suas mães viúvas com as amigas do jogo do baralho atreladas, e a cidade inteira se fez presente na festa paroquial. Povo com ancestral sentido de humor, chamaram ao convívio *Arraial da Ressurreição do Livro*, um pretexto para toda a gente falar aos berros, acima da música já rouca e distorcida, e actualizar a pacata vida da aldeia aos beicinhos.

Num momento de grande reboliço, uma senhora alegre aproximou-se de mim, reconheci-a, a funcionária da balança dos Correios, disse-me o nome, Rita, e perguntou-me se não me incomodaria se ela afixasse um papel no quarto dos santos para as pessoas encomendarem os seus exemplares do Livro, pois eram muitos os pedidos verbais, e aquilo podia gerar confusão. Concordei. Ela logrou calar a turbamulta, pregou a iniciativa, levantou na hora uma azáfama impensável, cada candidato à compra associou ao seu nome mais oito ou nove ausentes para o autógrafo, primos de longe, afilhados de aldeias remotas, voluntários de dioceses ermas e parentes rurais dos mais distintos apelidos, as folhas assim como brotaram lotaram, a senhora deu o expediente e substituiu-as por um livro de *Deves e Haveres* que o comerciante judeu da vila mandou buscar.

Antão também veio ter comigo e opinou que seria bom que o editor soubesse da euforia do povo, eu, mesmo sabendo que os editores não costumam ser muito efusivos, e com razão, já estamparam livros que nunca foram lidos, alguns perderam a editora, outros a família, disse, vamos compartilhar essa adesão intempestiva com Paco, porque devido a pessoas como ele, passados mais de mil anos, obras que nunca renderam um tostão no seu tempo continuam a ser lidas por milhões de leitores em todo o mundo.

Na segunda-feira de manhã, na ressaca da bem-sucedida festa, Verónica veio a nossa casa e comentou com Flor que um casal de emigrantes ausente havia trinta e sete anos, agora juízes da festa do Santo Padroeiro, queria o meu consentimento para incluir o Livro nas oferendas de função como parte do bodo popular pelos seus votos. A tradição era cozinharem para toda a gente, disseram, mas neste ano queriam dar comida e livro para os pobres, o que achei de augúrio insuperável. «Está autorizado», disse Flor, sem esperar pela minha reacção, pois, segundo ela, os fundamentalistas queimam livros para cozinhar, agora iam levar uma bela tapona de uns humildes que almejavam enfeitar os pratos de comida com livros. Achei linda essa tirada de Flor.

Nos dias seguintes, a adesão popular à festa foi tão inesperada e maciça que o padre teve de oferecer todos os seus acólitos para ajudar os festeiros na recolha dos pedidos das congregações e filiais vizinhas, juntos montaram uma irmandade exclusiva para garantir o envio do Livro a todas as capelanias e maiorais, para dar vazão à chuva de peditórios que chegavam dos arrabaldes, das paróquias, da zona dos mourões e até da recente comunidade de umas gentes brigadas de cruz-canhota com a Igreja por causa de umas desavenças de demarcações de terras.

Nesse meio-tempo, Paco, ao receber a notícia das encomendas prévias, reagiu com impulsivo e raro entusiasmo, mandou-nos em resposta mais um cheque gordo, Flor e eu comprámos um carro em segunda mão, e um gato chamado *Meme* foi-nos oferecido pela dona da pensão, a senhora Margarida, um bichinho feio mas manso, abneto de terceiro miau da gatita *Linguiça*. Sem muitos quefazeres, estipulámos uns passeios sabáticos ao campo de manhã, com cesto de pães, enchidos, café, queijo, vinho, e voltávamos ao entardecer. Aos domingos Flor acompanhava Verónica nos paramentos da igreja. Assim, os dias passaram a correr.

A um mês do Dia da Freguesia, os festeiros deram a proclamada comida de anjo, como chamavam o alimentar público aos pobres, distribuíram senhas aos inscritos para o levantamento do seu Livro, colaram novas listas nas feiras do interior estrumadas de bostas e mijos de animais e espalharam a oferta pelas veredas cobertas de beldroegas. Os moradores, em agradecimento, tudo fizeram para estar à altura de um livro, despregaram seus xailes e suas bandeiras de navios nas janelas, cobriram de anil as roupas coradas nos estendais e nos secadouros, crisparam de línguas de fogo seus ferros de engomar a carvão, premeram seus fatos de ocasião, untaram de vaselina os cabelos, desempenaram com martelares estrepitosos portas e janelas que não eram abertas desde o tempo da fome, e curtiram o dia, enquanto, as palavras Livro e Deus eram as mais ouvidas nas ruas.

Para ababelar de vez um mundo já em ebulição, Paco mandou dizer-nos que as encomendas, reservas, requisições públicas e demandas de exemplares do Livro estavam a chegar em catadupa das mercearias-livrarias, delegações municipais, escolas, autarquias, dos comércios que ofertavam livros no Natal e até de instituições que nunca se interessaram por livros, como as assembleias, as agências de viagens, as correctoras de seguros e as funerárias.

Foi no ápice dessa glória que, certa manhã, depois dos arrumos para também deixar o nosso lar num brinco, reparei numa pequena gota de sangue no lençol; «Flor está doente», pensei logo, seu período de moça pausara havia algum tempo, minha mente cismou e uma tristeza demolidora desabou sobre mim, caramba, fiquei a lamuriar, o nosso leito está estufado de notas com marcas-d'água e, estupidamente, uma nódoa que dinheiro algum pode desmacular vem pontuar-me sem misericórdia a fragilidade da vida, caramba!, uma pessoa pode muito bem findar em cima de uma pira de dinheiro.

Aguardei sombrio que ela chegasse do mercado com as suas sonoridades e nostalgias, entrei na cozinha com o coração na mão, pousei-me de bruços sobre a banca do fogão e disse-lhe:

– Florcita, precisamos conversar. Há sangue no lençol. Estás doente?

– Que parábola!,

contestou-me.

Afastou-se a sacudir um rabo de chicharro que trazia na mão para o prato de *Meme*, acariciou o animal no cachaço, foi lavar as mãos, aproximou-se cuidadosa da cama, soltou o lençol das bordas, abriu-o contra a luz da janela, examinou a mancha, por agora não é sangue, é vinho, disse, é do dia da celebração pelo término do Livro.

– Mas então não lavamos o lençol há um ano?,

insisti indelicadamente.

Ela olhou-me de través, agachou-se e dirigiu-se ao gato:

– *Meme*, come tudo, vou lá abaixo pagar a pensão e já volto.

Peguei o tecido enxovalhado, passei a polpa dos dedos pela mácula, sinal de um melanoma maligno no peito ou no colo do útero, assim especulara, e não me desconvenci, amparei-me porém na rendição do óbvio: o amor é assim, para ele não há cuidado exacerbado.

Eu conhecia a pulcritude de Flor, todavia, confesso, surpreendeu-me seu esmero em homenagear as pequenas felicidades que nos fazem todos os dias grandes amantes. Não falámos mais do assunto.

Poucos dias depois, acordou triste e falou assim para o vazio:

– Olha a coincidência, um cancro sangrento na mama está a debilitar aceleradamente a senhora Margarida, a dona da pensão.

Fingi que dormia. Sempre tive menos pânico da doença do que de falar dela.

Tomámos cada um por seu lado o nosso café e refugiámo-nos na leitura, essoutro modo de fugir do mundo com o mundo nas mãos, aliás, é a melhor maneira de enfrentar o medo sem falar dele.

Por volta do meio-dia, Flor foi à cozinha a murmurar, baixou o fogo que entre páginas ia fiscalizando, pegou o prato velho e o prato novo, o garfo que sobrou e o recém-comprado, a faca cega e a inaugural, o copo vetusto e o cálice cintilante, a jarra de água fresca e a garrafa de vinho, e, sobre uma toalha bordada de domingo, o banquete sagrado pela transmutação das palavras se fez. Uma delícia. Abri o vinho, servi no copo velho, primeiro a senhora, disse-lhe, ela pediu-me a garrafa, serviu-me, agora o senhor, retribuiu, brindámos com as nossas quatro mãos agarradas ao copo velho, pelo vício antigo de partilhar o único que tínhamos, ela fechou os olhos, recitou um ofertório parco, desdenhou-me com amor e proferiu:

– Não vou morrer antes de acabar de te criar.

Gargalhei, suspendi com a colher grande as porções que o nosso apetite calibrava, compus os pratos, Flor apanhou um pedacinho de peixe, serviu Meme, este ronronou, levantou o dorso espinhado, crispou as orelhas em alerta de que alguém ou algo estranho se aproximava, com efeito, uma mão maçuda bateu cheia de temeridade à porta, Flor guindou-se, correu o trinco, puxou a porta e um menino aterrorizado correu--lhe para os braços em singultos:

– Vovó morreu,

gritou.

– Santa Bárbara,

exclamou Flor.

Afastou-se da mesa, entrou no quarto, apanhou o xaile preto e desceu firme com a criança pela mão.

Eu parei no gosto amargo das comidas a carpir a morte da mulher que durante trinta e três anos nos abrigou, engoli uma ausência difícil de perdoar, uma condenação rude por ela não ter podido esperar só mais nove dias para ler o nosso Livro impresso, e retumbei em choro.

Capítulo XIII

A chegada do Livro
e outras surpresas

Com a vila ainda em condolências, Flor e eu fomos dar um passeio pela pracinha dos velhos, pois, apesar da tristeza, estávamos muito entusiasmados com a chegada prevista dos nossos filhos para o lançamento do Livro, vamos recuperar o tempo perdido, dizíamos, sentados com olhar longínquo sobre a transitoriedade e os pombos, quando, do nada, um homem de andar suspeito e arisco começou a vir na nossa direcção, esconso como os compradores de porcos, e a esconder intencionalmente algo atrás das costas, um punhal, uma tesoura, uma pedra, ou um buquê, quem saberia, cocámo-lo discretamente, ele percebeu que o vigiávamos, afirmou-se nos passos com grande intimidação, declinou-se como um verbo oculto e atirou-se para cima de nós a dizer:

– De longe para perto dura um querer.

Flor levou a mão à boca, abafou o espanto pelo reconhecimento da voz troante e gritou:

– Paco?

– Em pessoa e fumando, respondeu o vulto.

A vida alegrou-se vastamente no crepúsculo. Não nos víamos desde que nos mudáramos, mas Paco Relva continuava ensimesmado no seu traje de despachante oficial, com a barba amarelada pelos cigarros, a voz cava e uma galanteria guardada de viúvo moço. Abraçámo-nos a seis braços e um envelope, Hic est liber, Cá está o livro, disse, brandiu no ar o embrulho ainda quente com cheiro de prensa, vamos subir, vem conhecer a nossa vivenda, disse Flor, apressámo-nos para a pensão, de dois em dois pulámos os degraus, esperámos no topo a chegada vagarosa de Flor, ela abriu a porta, entrámos, fizemos cara de criança diante de um embrulho de aniversário, esfregámos as mãos e Paco descoseu o envelope.

Que surpresa! Que estremecedora surpresa!

Só quem já assistiu a um parto, não na metáfora, mas, na acção do livramento do parturido do corpo da mãe, conseguirá entender o estremecimento de ver a moleira irromper do envelope uterino, depois, a lombada frágil despontar-se, vir à luz até se fazer luz na luz, tornar tudo um misto de canto e de pranto, um conjunto infinito de questões, pois, imagina, um filho teu desaparece, é procurado por toda a Terra, por todo o mar, por todo o ar, e, numa tarde inesperada e nunca mais igual, um forasteiro amigo trá-lo são e salvo a casa, tu feliz abres os braços, feliz abres o coração, feliz abres o mundo, olhas tanso para a carátula do aparecido e, por Deus, ele não é o teu filho. Ou seja, sem parábolas nem firulas, o livro tirado do envelope não era o livro que eu tinha escrito, não era O Livro, apesar de levar o meu nome.

Então, algo da catadura da mais alta decepção e desentendimento cegou a própria luz desonrada.

– C'um *carajo*!,

exclamei trémulo.

Flor, arguta e intuitiva, com grande sentido do impossível, fechou seu exemplar contra o peito e comentou:

– Agora me enlouqueceram de vez.

– Como?,

perguntou Paco a sorrir.

– Não é o livro que escrevi, Paco,

contestei bradando de fúria e pena.

Paco retorquiu, não queria admitir o que se passava, esmiucei-lho, Flor ratificou, ele fez sinal por um copo de água, servimos-lhe de socorro, bebeu grosso e, a babar, veio a si gélido de incompreensão, respirou fundo e gaguejou:

– Que catano pode estar a acontecer, para além de tu e Flor estarem com Alzheimer?

– Não é o livro que escrevi, Paco.

Flor deu as costas, foi à cama prostrar-se com as mãos no queixo a matutar, Paco e eu permanecemos imobilizados no silêncio tumular que descia das pedras, e, uma hora depois, ela voltou com as bochechas a vibrar e ordenou com postura de coronel:

– Escreve outro anúncio imediatamente.

Chegara já de papel e caneta. Rabisquei a correr o

que achei que ela queria, li-o em voz desgostosa para Paco, ele nem mugiu, Flor tirou-me o papel, copiou-o, devolveu-mo, enrolou um lenço em forma de touca, vocês dois vão aos Correios ver Antão, ordenou, eu vou conversar com Verónica sobre o tamanho da desgraça e pedir-lhe ajuda.

Na sequência, o anúncio a informar à população que o Livro tinha de novo desaparecido amanheceu em todos os sacros e pagãos caminhos dantes explorados e foi o tema do dia em todas as esquinas e paragens.

À noite, porque no dia seguinte chegavam os nossos filhos, Flor, Paco e eu fizemos uma longa e participada reunião, na fé de tentar apreender o que teria acontecido, ver onde estava o Graal que evitaria trinta anos de escrita esfumados e, talvez, lidarmos a uma só voz com o que não sabíamos. Nada concluímos.

Acordámos cedo, com o único consenso de que tínhamos de dizer a verdade aos meninos, e saímos. Mas, ao pisar a rua, percebemos logo que o dia tinha acordado diferente, um povaréu disseminado em pequenos grupos bulia ao sol, perscrutámos e, para nossa distensão geral, em vez de protesto, festejavam pelo novo aviso do senhor escritor para atiçar a vontade de ler, é uma bela urdidura, riam, gostaram, por isso juntaram as suas sobras de comida, os seus tambores, as rabecas, as gaitas-de-foles, as percussões, as crianças, e vieram com júbilo desmesurado anteceder a chegada do Livro.

Nessa hora matinal, metade dos mais de mil exemplares trazidos por Paco e colocados à venda já tinha sido disputada como pão para a boca na praça pública, para o aperto daquelas pessoas que deixaram a aquisição para o dia do lançamento, oh não, não podemos ficar sem o Livro, diziam, logo nós, que nunca conhecemos um. Amontoaram-se em filas à porta dos estabelecimentos, as anciãs listas de compradores da festa da Páscoa reapareceram, seus subscritores implicaram-se pessoalmente na lide de um livro por família, transformaram em formigueiros os postos de venda sinalizados, em enxame os mercados, fizeram plantões nas mercearias, rogos nas sacristias, colónias nos chafarizes, ajuntamento nas padarias, madrugaram nas portas das livrarias, mancomunaram-se em sindicatos nas repartições públicas, reescalonaram-se feitos sentinelas de atalaia e amanheceram como remadores de canais nas ruas, estafados mas felizes, cada um com o seu exemplar pré-pago na mão; os beneficiários do bodo jejuaram à porta da igreja e soaram uma multitudinária prece pelo livro de cada dia. Comovi-me.

No regresso a casa, Rodrigo e Gonzalo, nossos filhos, ambos incrédulos com a reviravolta da história, impressionados pelo imprevisível, começaram a implorar-me, Pai, pensa direito no que vais fazer, pai, não vais estragar a festa a este pobre mundo, pai, isto, pai, aquilo, e conseguiram plantar em mim a mais existencial das perguntas, tal a história de Krishna e do guerreiro Arjuna: «Quem sou eu para intervir no que está para acontecer?», naquilo que o Universo tece para a existência de cada um? Uma iluminação ténue desceu sobre o meu ego, diluiu-o como água na água, e revelou-me uma humilde resposta sobre o papel de uma alma confusa sobre seu dever, que, entretanto, guardei para maturação. Com o terral, as minhas memórias de Bhagavad Gita, que significa «canção do bem-aventurado», clarearam-se quase palpáveis, visualizei e escutei os setecentos versos do diálogo entre a divindade Krishna e Arjuna, dos cem mil da narrativa do Mahabbarata. Fiquei dois dias sem falar e sem ouvir os meus filhos.

Quando chegámos à véspera da data anteriormente anunciada para o lançamento, a vila apresentou-se toldada de bandeirinhas, a igreja acordou com as suas campanas a repique, acontecimento raro na paróquia, os passeios e os muros de sustentação brilharam de caiados, as famílias prepararam-se para receber os parentes dos campos, o administrador do concelho pediu ajuda aos municípios circundantes, juntos recrutaram voluntários, empregaram técnicos, requisitaram militares, polícias e funcionários na reserva, suspenderam as férias marcadas dos seus servidores, puseram de prevenção o corpo dos bombeiros e fincaram sombras para os desmaios esperados sob o tórrido calor dos Trópicos.

Por volta das dez horas, enquanto os primeiros foguetes arrebentavam e a preparação da festa do livro se aperfeiçoava, a primeira pedra foi atirada, a velha livraria-papelaria não tem capacidade para receber o evento, alertaram-nos, e puseram-nos a questão: cancelamos ou passamos solidária e urgentemente o acto para o vetusto armazém de peixe seco?

– Peixe e livro, esse é o milagre da multiplicação no seu versículo mais literal,

comentou Paco.

Eu, ainda na esperança de ninguém comparecer e nada do livro acontecer, sob a implacável dúvida egóica da madrugada anterior, encolhi os ombros, deixei os outros decidir, no fundo, deixei fluir o amanhã.

E chegou o dia, domingo, o lançamento estava marcado para depois da missa, Antão e Verónica compareceram em casa com susto e satisfação e disseram da porta que o armazém de peixe estava a aventar-se pelas costuras, tinha já espremido para o pátio da salgadeira todos os atrasados, encalistrados, excluídos, cépticos, e os rurais com os seus cheiros cansados de caminhantes descalços misturaram-se com o calor e a salmoura das paredes mariscadas de velhice, eram duas horas da tarde, o povo não aguentava mais, queriam saber a minha decisão, vamos, disse, ninguém comentou nada, descemos, caminhámos cerrados, aportámos o armazém, e de longe sentimos o petricor duro e antigo dos secadouros, agora espargido pelos bafos quentes de nuvem envelhecida das pessoas que abanicavam com grande diâmetro suas partes escondidas para cima das solenidades. Levaram-nos pela porta das máquinas enferrujadas até à caldeira, onde aguardámos sufocados por um vapor titânico de hálitos de aguardente que se evolava do outro lado, espreitamos pelas grades das taipas a quentura que fazia o armazém boiar como imagens no chão do deserto, e, sob aplausos e abanicos, entrámos, sentaram-nos, Paco e eu, no palco improvisado, Flor, os meninos, Verónica e Antão na plateia.

Nunca vira uma congregação tão humilde e espantada. Olhavam para mim como se desacreditassem que sim, ou coisa parecida, perguntavam se tudo aquilo era verdade, se eu existia mesmo. Houve sete discursos de enquadramento e gratidão antes do acto central. Paco recebeu a palavra, fez um sucinto apanhado dos acontecimentos, contou a verdade sobre esse livro que não era o Livro, sobre o fantasma do autor que não era eu, sobre o que não sabíamos, pediu perdão pelo nunca visto – acordáramos que eu não falaria –, agradeceu o entusiasmo da população e, para nos poupar daquela cozedura a fogo lento, está encerrada a cerimónia do lançamento, concluiu. O armazém retumbou de palmas, não sei o que o povo entendeu, mas o certo é que, em boa hora, os impacientes achegaram, arrebataram os exemplares reservados para a ocasião, cercaram-me risonhos para os autógrafos, foram para o meio da fábrica, abriram o baile, cada solteiro abraçado ao seu par, o Livro, dançaram como deu, beberam, comeram e desfolharam. Minha família, meus amigos e eu aproveitámos e saímos à aldeã, discretos e abnegados.

Capítulo XIV

Sobre como me libertei do Livro

A história é escrita pelos inhistoriáveis, isso apreendi com o que veio a seguir ao lançamento do livro: casas que nunca tiveram um livro amparado entre suas paredes escancararam de cunhal a cunhal suas portas e janelas e encheram-se de leituras gaguejadas, pouco importou se as famílias sabiam ou não ler, o livro chegara e ponto inicial, era a descoberta do encanto da leitura, cada um à sua maneira; os habitantes criaram o seu próprio jeito de usufruir do livro, fundaram agremiações para empréstimos, mutuais para compras em segunda mão, pontos de encomendas e trocas, e nunca mais se viu alguém a perambular esfalfado a caminho da sua lavra interminável, não, agora peregrinavam, cada trabalhador e cada trabalhadora com o seu livro debaixo do braço, o mesmo título, claro, fazendo do Leracaminhar e Caminharaler uma só palavra conjugada com a planta dos pés, eis, quem dizia *caminhar* também dizia *sentar*, como no taoismo, porque nos parques os anciãos, nos mercados as senhoras, nas escolas os alunos, no trabalho os funcionários, na igreja os fiéis, eram todos o mesmo mundo novo a degustar a leitura e o trato com o livro.

E sobreveio-lhes a mágica de quando se lê: toda a gente se juntou no recato, as pessoas, as ruas, as aldeias, os caminhos, os mares e as terras, todos pararam de quietude naquele lugar perdido, e tão elevada se tornou a vida que o barulho e o incómodo foram decretados violações ao Código de Posturas Municipais, contravenção pública antes punida com multa de um porco gordo por família a favor do Estado, e, agora, aqueles que recalcitraram, os bêbados e os picheleiros à cabeça, foram levados a dormir dois dias na biblioteca municipal, não barafustaram porque tinham filhos, disseram, e tudo o que mais queriam as crianças era ler ou aprender a ler em paz.

E assim, na tranquilidade de espírito do lar e do ler, o povo, ora contando, ora ouvindo, devorou com avidez de faminto o seu exemplar e passou-o acto seguinte ao vizinho que não conseguiu adquirir o livro.

– Nunca imaginei que este povo fosse ler, desabafou Paco, no dia da partida.

Eu, entrementes, na curva oposta do ufano, quanto mais os leitores cresciam, mais profunda era a angústia indescritível de ser autor de um livro que não escrevi. Doía-me ver Flor como uma princesa de contos de fadas, Rodrigo e Gonzalo fingidos de admiradores do pai e Paco, um vendedor de banha de cobra. Ninguém era ninguém ao meu redor, excepto os leitores, estes que, bem antes do livro, já viviam no espectro sincero da emanação do livro, e pariram com isso a sua própria história, aliás, ao Livro chamavam *O-Livro--que-não-precisa-ser-lido-mas-sabido*. Meu único alívio era o pacto que fiz com Paco, o dinheiro proveniente das vendas foi doado completamente para as instituições de caridade, para que o livro fosse incluído no cabaz contra a fome, gesto que ele achou nobre e correspondeu que tampouco lucraria e da parte do editor imprimiu mais livros para os pobres. Sobre os adiantamentos, recusei furioso, não eram adiantamentos, eram empréstimos que eu não sabia como pagar. O livro não era meu.

Passadas umas semanas, os nossos filhos comunicaram-nos que iam regressar às suas vidas de trabalho e família. Na despedida, sempre dolorosa, Flor disse às crianças que elas precisavam saber uma verdade e, como quem conta um conto, aceitou que a mancha no lençol de há alguns anos era do vinho, sim – e fez uma cara gaiata –, prosando um senhor escritor que considera o vinho o mor dos elixires, o sangue de Cristo, disse, porém, cabe perfeitamente chamar *sangue de Flor* àquela gota, ou vinho de Flor, se quiserem, emendou com poesia, e desatou a rir. Agora, a sério, o médico confirmou-lhe, há três anos, que o sangramento é devido a um pólipo no revestimento da parede do útero, mas é benigno, concluiu.

Deu-me um abraço pelo pescoço, beijou-me, piscou os olhos aos filhos e voltou a gracejar:

– Não me chamo Flor?, pois o que tenho é um própolis no útero.

Eu fiquei sorumbático, meus sustos normalmente levam meses a sair do corpo, mas não pude conter as lágrimas de alegria e de amor, principalmente porque, para não me inquietar, das muitas vezes que disse que ia ao mercado, ou ali e vinha já, foi sozinha ao médico da vila. Pessoa que nunca mente, Flor não esquecera de ser fiel ao contestar-me sobre a mancha no lençol, introduzindo a resposta com *Por agora... é vinho*.

Os rapazes tomaram-nos nos seus braços jovens, graças a Deus, bendisseram, e aproveitaram para cobrar-nos o afastamento paternal, que tal, no devir, invertermos a direcção e os protagonistas das viagens de férias?, perguntaram, pois já não sois pobres, agora já podeis viajar, sim concordámos. Adeus, acenaram, e vi-os partir de novo com seus doze anos de idade. Nunca envelhecem, os filhos.

Uns anos depois, com o valor do remanescente legitimado como empréstimo, Flor e eu comprámos uma casinha num campo que beijava o mar pelas costas, longe e perto de tudo, e para lá nos mudámos, pondo fim a quase meio século a viver num quarto de pensão. Nossos vizinhos eram gentes seminuas, pela pobreza e pelo calor, bons leitores, ninguém saía de casa sem o seu livrinho na mão, fosse para ler, para tapar o sol ou para praticar o não saber, que consistia em pedir a alguém que lhe lesse uma página. Receberam-nos com distinção e mostraram sem pertença seus sentimentos de eleitos por termos escolhido aquele descampado para viver.

Contudo, é exactamente na pacatez que as atribulações se expõem, e a minha, indisfarçável, era ouvir meu nome na boca do mundo, através de um livro que não era meu.

Certa tarde, depois de meses a dissimular que não reparava no meu mal-estar, Flor veio para debaixo do tamarindeiro no quintal, onde eu morava a ler, coçou--me a moleira careca com dedos de mãe e disse-me:

– Meu homem, se fosse eu, oferecia o Livro a quem o escreveu.

Levei um bom tempo para visualizar a mensagem, para decifrar as coisas chãs que minha esposa tinha o dom de dizer desde a nuvem da sua pureza e equidade, mas como?, indaguei. Muda de nome, respondeu- me. Foi um estrondo de luz na minha alma apoquentada. Entendi. E comecei a preparar o plano.

Com tudo claro, cozinhámos a tagarelar, comemos com fome de alforriado, repetimos por três vezes o vinho e fomos para a cama com uma distensão de monge. Ao nascer do Sol, Flor, cheia de intenções, foi a primeira criatura a chamar-me em casa e na idade adulta pelo nome de baptismo, Simplício Augusto. Toda a ideia foi dela, e eu gostei de regressar ao som da minha meninice, às vozes seguras dos meus pais e dos avós, Simplício, ele, e Augusta, ela. Na verdade, Arcanjo de Deus era o meu pseudónimo, que adoptei quando saí de casa para escrever o Livro, acreditando que tinha uma missão superior a cumprir. Agora, tal nome pertencia a outra pessoa, ou ao mundo.

Não há nada neste Cosmos que não se renove com um nome, pois nada existe fora de seu nome, argumentei na carta a Paco, mas também pude sentir o peso que se tira de cima, a conquista que é, a liberdade, e o quão violento terá sido privar as pessoas escravizadas dos seus nomes originais, no fundo, retiraram-lhes a sua pessoa, escrevi. Agora temos o caminho livre, ou o caminho-livro, disse-lhe, talvez volte a escrever outra coisa, e se a pessoa que usurpou o meu nome aparecer, pois, bom proveito, concluímos.

Capítulo XV

E novos livros apareceram

Antes de me acostumar direito à divisão da alma, ou à sua unicidade – que é deixar parte da identidade para trás –, Verónica e Antão trouxeram-me um telegrama de Paco, ao menos, muito desafiador:

«Chegou outro livro: Névoas no Quintal, de Arcanjo de Deus.»

Foi como entrar no meio de uma tromba de fogo.

Que criatura é essa?, quem é esse outro?, ou que deus é esse?, que logra escrever dois livros em nome alheio?, perguntei perplexo, e comecei a dar voltas pela casa, parei diante de Verónica, que permaneceu sentada com os olhos ao nível da minha cintura, olhei-a de cima para baixo, vou arrancar-lhe o segredo, cogitei, ela inspirou com os seios em pino, fixou a minha braguilha de forma tansa, empalideceu como os medidores de humidade, pendeu para o chão e caiu feito um feixe de palha com a saia engolfada, *carajo*!, gritei, Antão acocorou-se, tomou a posição de invocar o espírito de volta à realidade, chamou a esposa pelo seu nome de santa, «Verónica Maria, Verónica Maria», deu-lhe umas bofetadas ritmadas, soprou-lhe a fronte, esfregou-lhe a mão no púbis, e ela, a dormir tal gemada desandada, acordou sonsa a gemer e a perguntar:

– Disse algo sobre o Livro?

O marido, embaraçado, limpou o suor em catarata e esclareceu que, relativamente à pergunta, sua mulher costumava ter visões de esconderijos de chaves e agulhas desaparecidas, mas a causa é que Verónica sofre de *lua*, mazela que, com as marés, lhe provoca faniquitos, disse.

Flor riu com todo o gozo deste mundo e olhou para mim com uma chacota traquina, pois *enluada* era a expressão que sua avó usava para pragalhar a quentura das raparigas lá na aldeia, mas eu, de pensamento na Verónica, viajava na fantasia de os objectos reaparecerem de repente, o meu chapéu de Panamá, o pino de relógio de Flor, enfim, mas Flor, na sua têmpera de *naïf* incorrigível, segredou-me: «Verónica acha que tu fingiste escrever um livro.»

Verónica arribou espevitada do longínquo sítio do desmaio, retomou os toques e os tiques das desfalecidas experientes, tirou da bolsa um leque vermelho, abanicou os seios com profissionalismo e disse que, em boa verdade, as coisas é que olhavam para ela desde o lugar onde queriam ser achadas, Oxalá, disse Flor, e a conversa esfriou por ali. Antão disse até amanhã, sempre com a mesma pressa, e saíram.

Durante um par de dias ficámos sem notícias dos nossos amigos, não sabíamos se por vergonha, se por mistérios de outros astrais, mas quando nos reencontrámos, e só para isso vieram, Verónica correu para Flor e noticiou-lhe toda feliz que o senhor pároco da freguesia queria falar comigo e agendara para a semana seguinte antes da Quaresma. Não disse o motivo.

No dia combinado, quarta-feira, fomos ao salão paroquial para a audiência. À chegada, Verónica tocou uma campana suspensa num tolete por cima do pórtico, o padre veio pessoalmente abrir o portão, ciceroneou-nos por um ancho pátio calcetado, furtou-nos para um vestíbulo com um crepúsculo a desbotar na parede, esbanjou-nos uma sala com várias mesas e carteiras escolares, ofereceu-nos assento com um apontamento de mão, ladainhou o intróito da praxe sobre a família, a saúde, o trabalho, as festividades, uma voz na sombra disse bom dia, não vimos ninguém, até que uma empregada de turbante compareceu e informou que estava tudo a postos, o padre mandou-nos segui-la, entrámos por uma porta alta cravada num travamento de basalto, passámos uns degraus de madeira e demo-nos a um mezanino cheio de luz.

O padre compareceu por último, levou o tema directamente para o Livro, nosso livro, chamou-lhe, louvou a singeleza da cerimónia de lançamento, enalteceu o sortilégio do povo a ler, que alegria, disse, felicitou-nos pelos anos de dedicação, pela paciência tida durante o desaparecimento do Livro, acomodou as costelas na ergonomia das almofadas de penas de galinha, subiu a perna direita pra cima do joelho esquerdo, semicerrou os olhos e disse:

– Nenhum livro importante foi escrito pelo Homem.

– Que *carajo*!,
saiu-me sem querer.

– Mas bem, que vos trouxe?,
perguntou o padre, ignorando a minha impudência.

Verónica compôs o peitilho da blusa e iniciou uma narrativa sentida e sincopada, com todos os detalhes da minha história, destaque condimentado para o conteúdo do último telegrama de Paco, que dava conta de um segundo livro em nome de Arcanjo de Deus, e aclarou que eu, entretanto, me tinha convertido em Simplício Augusto, meu nome de baptismo.

Meio-dia, reparou Antão. Fizemos todos o *Pelo-Sinal-da-Santa-Cruz*, o padre olhou para o relógio na parede, certificou da precisão da sua máquina, pediu a Verónica para trazer a jarrinha de vinho, Verónica galgou até o interior para onde a senhora do turbante se tinha evaporado, regressou com os vidros, serviu-nos, brindámos, bebemos, um, dois, três cálices, ruborizámos as bochechas e rimo-nos em franca comunhão. A dada altura, o padre voltou a cerrar as pestanas, e com acerto meditativo pregou:

– Nenhum livro importante foi escondido pelo Homem.

Amém, disse Verónica, Amém, dissemos.

No preciso instante, uma luz redonda e boreal desceu de um buraco no tecto, bateu no cálice do padre, aguarelou uma imagem belíssima de uma oval infinita, bailou como fazem as formas líquidas remexidas, o padre bebeu o prisma até o último grama, pousou o cálice com parcimónia, pôs-se de pé e vaticinou:

– Recebereis uma boa nova.

Percebemos o final da audiência. Verónica fez uma singela indicação a Flor, tomaram sincronizadas a bênção, Antão gesticulou uma vénia demorada, abriu a mochila, tirou dois ovos de pato, deu-os a Verónica, esta chamou com subtil autorização a mulher de turbante, o que nos pareceu uma prática muitas vezes repetida, ela tomou a oferenda, o padre agradeceu e abriu a porta da rua.

Uma chuva com vocação tardia de água benta desceu do Sol, apanhou-nos desprevenidos, acelerámos o passo para debaixo dos beirais, esguiámo-nos até à Estação dos Correios, limpámos os pés encharcados numa paleta de madeira que alguém tinha colocado para fazer de escoadouro e recolhemo-nos como pintainhos molhados no gabinete do Chefe. Verónica, solícita e ágil, abriu um armário de madeira torto e rangente, tirou uma toalha branca da prateleira do meio, deu-a a Flor, apontou-lhe a casa de banho, depois alçou os braços, altingiu com a ponta dos dedos outra toalha, desceu-a, passou-ma, disse para eu esperar, só havia um banho, estirou-se na ponta dos pés, puxou a safanões uma toalha verde que estava trancada num impedimento qualquer e, sem querer, fez vir abaixo um rombo de papéis que jaziam algures escondidos, as páginas farfalharam pelo chão como folhas de redemoinho, Antão petrificou-se, eu calcinei-me, Verónica empedrou-se, vacilou atarantada com a mão a tapar a boca, esbugalhou os olhos, queria dizer algo, mas, no exacto destremor, chegou toda enxuta a minha mulher:

– Mas que rabadilha se passa aqui?,

praguejou diante daquele temporal de palavras ao léu.

Antão tentou refazer-se da vergonha, desembaciou os óculos na aba do casaco e, em trava-línguas de gago retorcido, gorgolou, sempre gostei de escrever, disse, desde os tempos do seminário, mas a timidez engavetou todos os meus sentimentos, desculpa, desculpa, dizia incessantemente, ao tempo que recebia das mãos da mulher agachada a colheita de folhas. Premiu o dedo na cabeça de uma cúpula de metal sobre a mesa, o objecto trinou arrepiado, uma senhora redonda veio a patinar com uma bandeja de xícaras, um bule aromatizado de café, um cone de açúcar mascavado em casca de milho, um pratinho de biscoitos brancos e várias colherzinhas de prata, Antão disse-lhe para dar a cada um o seu café, ela rodopiou a sala, serviu-nos atenciosamente e, no final do ciclo, aproximou-se samba da secretária, estendeu um papel dobrado ao Chefe, pediu licença e retirou-se de costas. Antão abriu o sobrescrito com as mãos suadas de nervos, passou a vista pelo papel, ai Jesus, aclamou, alongou o braço na minha direcção, olhe isso, pediu-me, tomei o telegrama, li-o e, por um momento, perdi o fôlego.

«Chegou outro livro: *O Homem Que Domesticava Sóis*, autor, Arcanjo de Deus.»

Verónica apressou-se no ajudar o marido a guardar seu livro no armário, Nossa Senhora, evocou, persignou- se, beijou o crucifixo do colar, e disse para Flor:

– Mais um mistério para desvendarmos.

Parou de chover, já podemos ir, disse Flor, tirou a toalha que lhe servia de gola, agradeceu pelo café, voltou-se para Verónica e concluiu:

– Não há mistério nenhum, são homens e mulheres como nós, pecadores de carma e ócio, a consolar um mal-aventurado colega escritor.

Capítulo XVI

Uma chuva de livros caiu sobre a Terra

Nos anos que se seguiram, mais de setecentos e doze telegramas chegaram a nossa casa no campo, todos a dar-nos conta do recebimento de novos livros, sempre do mesmo autor, no endereço do editor. Por essa altura, já tínhamos a compreensão do fenómeno: escritores do mundo inteiro, ao se inteirarem do desaparecimento do Livro, das minhas desventuras, contagiados pelo primeiro benfeitor que teve a genial e generosa ideia de escrever em meu nome e, depois, tocados pelo sucesso inédito da leitura junto do povo, decidiram, cada um no seu mais puro arbítrio e solidariedade, escrever um livro por mim para mim. Agora sabíamos, não havia mais reticências na nossa certeza. Eram manuscritos vindos dos mais estranhos lugares do mundo.

No campo, os meses não voam, eles caem amarelos e murchos como Outonos despencados, e quando param de secar, um dia, de repente, sem estarmos à espera, é Dezembro e os três Reis Magos descem pelas casas dos pobres, cozem no forno, no fogo, no borralho, fazem a festa das essências, levam os feixes da tarde, passa a escurecer mais cedo, os pirilampos crescem nas relvas, a estrela do Oriente acende-se e *é Natal, é Natal*, começamos a escutar no rádio. Eu decrescia até ao meu último bibe da meninez, saudava os meus dois, três anos, comia rebuçados às escondidas, lambia o colherão de pau de bater o bolo na cozinha, namoriscava as roupas novas que Flor me trazia, porque sempre gostei da ocasião, ainda nutro fascínio por essas músicas de sininhos, os cheiros, a boa-vontade e os longos crepúsculos incendiados.

Verónica e Antão também chegaram para as parlas, as partilhas e os desabafos. Não me lembro, na primeira noite, quem sacou a conversa sobre ser mãe e Flor trouxe à colação o dia da missa do galo, mirando-me com a sua fisgada régia, não fosse eu resvalar-me para a mulher da boneca e para a história do pecado do dinheiro. Foi então que Verónica nos contou que essa mãe tinha sido sua colega de catequese, emprenhara-se com dezassete anos, perdera a filha à nascença e, desde então, mudara-se para a porta da igreja, havia precisamente trinta e sete anos. «A boneca é a mesma», disse assertiva. A partir desse momento, Antão entristeceu e não mais falou.

De manhã, depois do café, vi-o cheio de comichão, entendi que queria levantar-se da mesa para fugir a alguma coisa. Flor também captou, foi ao salão, trouxe o último saco postal abarrotado de telegramas, vazou contente os papéis para cima da mesa, baralhou tudo a largas mãozadas e, sabendo previamente do que se tratava, propôs-nos que brincássemos ao sorteio, a ver que texto sairia a cada um, tal qual jogássemos àqueles papelinhos das guloseimas das máquinas da sorte. Rimo-nos travessos, barafustámos e convencionámos ir da esquerda para a direita, logo, a primeira cartada coube a Verónica, ela cobrou e leu:

– Caro Simplício, hoje chegou o septuagésimo livro, *Segundo Sermão de Sal*, autor, Arcanjo de Deus.

Seguiu-se-lhe Flor:

– ... hoje recebi o livro dezoito, *O Parto do Fogo Azul*, autor, Arcanjo de Deus.

Logo Antão cantou:

– ... recebi o livro trinta e dois, *O Tesouro, o Besouro e o Dez de Ouro*...

Eu:

– ... livro duzentos e sete, *Mamanka, A Feiticeira do Rio*...

– Centésimo quinquagésimo terceiro livro, *As Luas do Mar*...,

disse Verónica.

– Livro setenta e sete, *Quem Descobriu Colombo?*...,

leu Flor.

Antão voltou a pregoar:

– Livro noventa e quatro, *Mundo Encolhido na Barbárie*...

Eu:

– Livro sete, *O Canto do Arco-Íris*...

E, assim, tele atrás de grama, pasmo atrás de espanto, trezentos e trinta e dois telegramas de Paco baralhámos e demos, um por livro recebido, todos do autor Arcanjo de Deus, o que representava uma média de mais de cem livros por ano, vários deles com a mesma data. E ainda não havia inteligência artificial!

Assim ajudou Flor no embaraço de Antão, passámos um feliz Natal e eles retornaram à vida diária com a mesma toada insossa.

Capítulo XVII

Antão finalmente confessa

Chegou Abril, o mês mais lindo do ano. Na metade da terra águas mil, noutra, seca vil, mas é Abril, com seu céu de anil, seu campo que ensina a ver as árvores de tempo sobre o tronco, os pássaros a acasalarem em pleno voo, fazendo do verbo a-casa-lar o mais terno e precioso lugar de cópula; as flores machos lançam-se na sedução do insecto que levará o pólen às suas floras, o maracujá, a babosa, o girassol, a sempre-noiva; em outras palavras, é o tempo da sagração da Primavera, altura em que as mulheres e os homens ficam mais sensíveis, mais propícios, com a libido no cio da navalha, e o campo é uma moçoila florida.

Para nós, era a estação das boas e das compassivas recordações e também a Páscoa. No sábado à tarde, Verónica e Antão assomaram ao portão de costas coladas, juntos e distantes como as orelhas, pousaram os sacos no quintal, os vinhos na sala, cumprimentaram-nos e descansaram no sofá aquela cansativa maneira de aparentar-se feliz.

Num momento em que as nossas senhoras se entretiveram na ladainha dos reencontros, Antão fez-me um sinal reservado com a cabeça, saiu adiante na direcção da cozinha, eu escapuli-me, fui lá ter, encostámo-nos ao balcão junto da fileira das facas, ao lado do pernil e da pilha de garrafas, e ele, expedito e garoto, pediu desculpas pelo melindre do assunto, mas preciso abrir-me numa prosa de homem para homem, disse, e soltou:

– Nós, eu e Verónica, temos uma dificuldade grande com essa coisa de coisar. Verónica é virgem.

E derreteu-se a chorar.

Fiquei engulhado, vasculhei em todos os bons modos conhecidos um jeito de responder, não me ocorreu qualquer recomendação válida, porque também eu era virgo em matérias patológicas de tais calibres, dei-lhe um guardanapo para enxugar os olhos e esfregar as lentes embaciadas, perguntei-lhe se os dois alguma vez tentaram diálogos a respeito, não, respondeu-me, não, porque ela só fala desmaiada, depois não se lembra de nada, explicitou, há-de haver um modo, repliquei, e ele poisou-me suas mãos de coveiro sobre o ombro, encheu o peito de bravura e confiou-me que fazia trinta e dois anos que procurava esse modo, o resultado era sempre o mesmo, o desmaio, isso mesmo, às vezes entretinha-a com os preliminares, explorava-lhe com as mais cândidas palavras a testa, o nariz, o manúbrio, apalpava-lhe seios, tacteava-lhe umbigo, clamava-lhe púbis e Verónica escoava entre as sílabas e caía prostrada que nem esteira. Não sabia mais o que fazer, concluiu desanimado.

Acalmei-o com um copo de vinho e um lanho de presunto, pedi-lhe uns dias para abordar a matéria com Flor, a matrona que sempre tem uma sageza anciã para os percalços, fingimos um debate frugal e fomos ter com as nossas respectivas.

Como prometido, na cama, partilhei o assunto com Flor, contei-lhe as metáforas com vários substantivos verbais, falei do verbo coisar, do assunto virginar, do facto nunca consumado, e ela, criativa e experiente, sentenciou com cara séria:

– O remédio é ele desmaiar também, talvez se encontrem atrás do tapume.

Ora, ao pé da letra transmiti a Antão a receita de Flor no dia seguinte depois do almoço, ele agradeceu acanhado junto ao portão, fez um adeus frouxo com o polegar em riste e desapareceram com a mesma sombra triste que os casais infelizes arrastam pelo chão.

Capítulo XVIII

E o livro e os leitores fizeram o resto

Já não sabia onde empilhar os manuscritos, mandou-nos dizer Paco, tinha alugado um armazém na zona portuária, este rapidamente abarrotou, andou a guardar os pacotes em sótãos, varandas e alpendres vizinhos, ultimamente o governo até lhe atribuiu um hangar no velho aeroporto da cidade para acondicionar os livros, mas faltava-lhe o imprescindível, mão-de-obra, apesar da ajuda impagável de um contingente do Exército, do apoio dos voluntários da Cruz Vermelha, dos estagiários recém-formados nas universidades, dos escuteiros que subsidiavam na catalogação e arrumação nos barracões, do Batalhão de Leitura que criara para, ao menos, ficar ao tanto do que tratavam os originais. A sensação era de que uma praga sem precedentes de livros tinha tomado conta do mundo e as palavras andavam a escrever-se sozinhas e a migrarem como mariposas mexicanas para o seu escritório, disse.

Do lado de cá, mandei-lhe dizer, não não era diferente, mais se lia mais se falava de livros, mais se falava de livros mais os livros falavam, as pessoas liam nas ruas, nas carroças, nos chafarizes, nos passeios, nas colheitas, nas construções, na maternidade, nos bares, nos velórios, nos estádios, nos comícios, nas corridas de saco, dentro do mar, e quando alguém dobrava a última página do que andava a ler, a prima atitude era fechar o livro contra o peito com um meigo suspiro e aguardar pacientemente que o vizinho do lado terminasse também o dele para virem à rua abraçar-se e trocar entre si os seus exemplares, para logo voltarem a ler.

E como nunca há-de haver livros suficientes para satisfazer toda a gana de ler e de aprender a ler que se livra sobre o nosso mundo, os leitores elegeram cedo a partilha e a troca como a variedade mais justa e certa de todos terem e ninguém brigar pelo que é do outro; ensinaram aos seus filhos que a escuta é o único céu em terra a ser alcançado; inventaram que o livro te ensina a escutares-te; e, se praticares com afinco, um ouvido no centro da testa chamado o *terceiro olho* desabrocha, e com ele aprendes a ouvir o próximo, o longínquo, a camomila, o lagarto, a espuma do mar, a estrela-cadente, o nó da água, o nascimento do raio, a chuva e Deus; alinhavaram ver com os ouvidos e escutar com a visão, uma acção que já existia na língua materna, saber que lhes vinha do Velho *Vernáculo*, o primeiro negro nascido na casa do amo, e que tinha a função de inventar palavras para o carnaval falado e outros desideratos e fabulações.

Para sacramentar o cume das nuvens onde viviam,

os moradores juntaram-se e criaram depósitos públicos ambulantes para livros lidos, forros de cabedal para proteger as lombadas, atris para leitores manetas, despensas comunais para socorro às famílias numerosas e torres de papel para agranelar textos avulsos, pois que muito popular já era o costume de as pessoas lerem simultaneamente o mesmo livro, arrancavam as folhas e de mão em mão e de boca em boca a outrem passavam-nas, até a capa ficar oca e de avesso, a primeira folha voltava ao primeiro leitor, as outras se compilavam e o livro voltava a fechar-se para se abrir na hora, a isso chamaram o *Ciclo da Lição*, na cidade, ou o da *Polinização*, onde vivíamos.

As maravilhas multiplicaram-se de tal pão e peixe que ler virou uma questão de saúde pública, de religião, de amor e de irmandade, e tantas formas de leitura se deram a conhecer que a famigerada falta de ortografia se tornou passatempo de crianças, enquanto para os adultos se conformou como sinónimo malandro do que, consoante a consoante, no fundo se quer e ponto vital.

Cada leitor, aqui, ali e em todo o lado, ao aderir pela primeira vez ao movimento de empatia para com o seu semelhante, cumpriu a mil penas seu voto de escrever ou pedir para alguém lhe escrever um livro em nome de Arcanjo de Deus para Arcanjo de Deus, porque, no fundo, isso é que alimentava a cadeia armorial, e todos assim fizeram, e depois mandaram a contribuição a Paco com uma nota a dizer *Aceitem-nos este humilde livrinho, em nome da dor que se quer extint*a, e, no rodapé, que também se dizia rodamão, um exergo com o versículo bíblico de São João, *Porque Deus deu o seu filho unigénito para que todo aquele que Nele crê não pereça mas tenha a vida eterna.* Ninguém se ofendeu que a alegoria se referisse ao Livro.

Ou seja, assim se faz a tradição, e o ensinamento filosofal da vida ali era que nenhum ser humano se devia dar por cumprido até que tivesse escrito seu livrinho para Arcanjo de Deus, o que era de uma grande dureza, porque transcrevia verbalmente o mantra de que ninguém é feliz se não for pelo próximo, e eu continuei a tomar aquilo para mim, não o escritor, mas o anónimo. E foi assim por todo o lado. Segundo as estatísticas de Paco, eram mais de cem mil os leitores que se tinham tornado escritores num abrir e fechar de livros. Em África, por exemplo, terra de um bilião, duzentos e dezasseis milhões de mulheres e homens e crianças, quando a palavra escrita, mais jovem e mais restrita, anteviu no seu vaidoso umbigo sua ancestral oralidade, o velho condão da palavra ouvida empatou com a magia da palavra vista e o mundo raiou no chão como capim de fantasias. Foi de tal monta o deslumbre que, em poucos anos, uma endemia de leitura tingiu o continente e o livro iniciou a cruzada de paz, atravessou os mais bravos e temidos prados a cavalo, os mais labirínticos e infernais desertos a camelo, campeou as savanas a elefante, palmilhou as matas a pé, navegou os rios a canoa e incitou, sem correr uma gota de sangue, povos inimigos desde o nascimento da ignorância a se alfabetizarem, para que não houvesse mais gerações resignadas e mundos desavindos. Chamaram a isso a *Revolução dos Livros*. Embora apenas trinta e quatro por cento do meu povo soubessem ler na época, todo o mundo porém leu, cá e por aí além, simples assim como vos conto, aqueles que decoraram a história do livro contaram-na, os mudos desenharam-na para os surdos, os surdos narraram-na para os cegos, os cegos codificaram-na para os escribas, a página de rabo na boca voltou do fim para o princípio nas arábias, do cimo ao sopé nas tundras, e nunca mais foi preciso um tradutor, porque agora se sabia que o povo africano não estava a ler o que no livro publicado estava, mas o que à volta dele se teceu. Por então, os povos já descobriram que podiam ler qualquer livro aberto, desde que soubessem uma história, e isso era o que não faltava, e o mundo não mais leu a história no livro, mas, sim, a história do livro, valendo-se dos seus próprios conhecimentos havidos desde o tempo dos tempos. O povo disse que estava a desoprimir-se, finalmente.

Diante de tanta alma liberada, as sociedades perdidas viram um mote para se acharem, e coube outra vez às mulheres a amazónica missão de transportar a história, diga-se o livro, à cabeça nos seus balaios de roupas e frutas; empreenderam dezenas, centenas, milhares de quilómetros de caminho para recriarem a antiga rota de vender histórias a preço de caroços nos mercados; e com o que amealharam, sem tacanhez nem egotismo, compraram mais livros, qualquer livro, repito, e redistribuíram-nos pelas selvas e planuras, porque preciso era espalhar a arte de ler e de contar como salvação.

Segundo as estimativas da UNESCO, Organização das Nações Unidas para a Educação, Ciência e Cultura, dois vírgula dois milhões de títulos voaram das estantes para as mãos das pessoas em África e nas Américas em menos de dez anos, coisa assim nunca vista, disse-me Paco, os meus leitores, ou melhor, os leitores por minha causa, juntos, já podiam criar um dos trinta países mais populosos da terra e, se votassem e me escolhessem, eu podia ser eleito presidente em mais de cem nações do mundo, *carajo*!, que fenómeno mais democrático, exclamei, estávamos prestes a redesenhar um mapa-múndi à antiga mente, de um tempo em que as regiões eram identificadas e nomeadas pelos livros que seus habitantes liam, olha que loucura, disse Paco, a Humanidade, em toda a sua história, contabiliza cento e trinta milhões de títulos, e nós, em menos de uma década, já ultrapassámos todos os séculos de recusa de leitura aos pobres, o mundo agora é uma livraria.

– É a revolução do leitor,

disse Flor.

Eu estava atazanadamente incrédulo a ver os livros circular pelas aldeias e vilas como básico bem comum, eram deixados à janela ao pé de um jarro com água e vários copos, para que os viajantes a caminho de algum lugar ermo pudessem ler, beber, saciar a sede da alma e do gargantão, repousar e prosseguir sua jornada; em certas localidades encravadas, quando não dava para um transumante levar um livro no sarrão pelos atalhos, um marcador de couro e um canhenho o esperavam no poial para ele apontar seu nome e a página onde parara. Foi assim que milhares de caminhantes e peregrinos retomaram as suas leituras, anos depois da primeira paragem, muitas vezes noutras aldeias, vilas e cidades onde o hábito de deixar livros e jarros de água à janela se tinha constituído em direito consuetudinário. Na beleza de evitar confusões, uma regra de ouro, ou a regra do outro, como a apelidaram, foi estabelecida para quando dois leitores se cruzassem numa passagem, ou numa paragem: um deles devia ir à janela seguinte procurar a memória do leitor precedente deixada no marcador do cruzamento dos caminhos, e pelos cumprimentos deixados adivinhavam o novelo da história, porque assim convencionaram desde os tempos antigos da escrita na pedra e no barro, quando os marca-páginas eram remissões e citações, experiências de leitura, recomendações e recensões de tudo quanto o mundo sabia, como se todos os livros do mundo estivessem tecidos e entrelaçados numa só obra monumental.

Os leitores mais jovens correram por obras mais antigas, os mais velhos pelas mais novatas, toda a gente em turno e em círculo, todas de livros dados, diga-se melhor, de mãos dadas, numa invulgar corrida de estafeta, num humanismo de fazer estremecer a pilastra de barro da discriminação. Um livro já era tomado como código para o acesso ao espírito humano.

E assim nasceu o incrível universo das pequenas coisas colaterais, como gramáticas novas, dicionários de sinónimos, compêndios bilingues e trilingues, glossários de sinais, índices remissivos e demais litanias imprescindíveis no auxílio à leitura, tratados como artefactos e adereços de prazer, porque, na prática, cada leitor depurava do livro a sua própria interpretação da vida, empurrava até ao mílite indobregável da liberdade a sua imaginação, e todos criam que a evolução da espécie é um atributo da necessidade e do esquecimento.

A grande mercê do mundo adveio porém com as crianças, no caso, pela forma como elas brincavam de ler nas suas línguas originais, rolando o som das palavras até criar rebuçados na boca, seus entendimentos eram facultativos, os significados dependiam das necessidades, o mesmo livro era lido por elas de mil e uma maneiras nas trezentas e trinta e duas mil línguas infantis detectadas até então, e em cada uma uma história diferenciada, do mesmo livro, segundo a idade e o saber de cada infante, a ética era única. Sábio passou a ser aquele que se destacava pelo que punha no livro, e não pelo que dele tirava; sábio era aquele que via no livro não o que lá estava escrito, mas o que estava secreto.

O importante era que os cidadãos liam, os analfabetos *idem*, os pais bem e as crianças também. Era uma epifania. Todo o mundo detinha um tipo de acesso a todas as informações, de forma natural e eficaz, ninguém almejava a uma biblioteca que tivesse todos os livros da Terra, como se chegou a sonhar no século III no Egipto para a de Alexandria, mas contentavam-se humildemente com o mundo num único livro, aquele que estivessem a ler, e, então, cada livro virou em si uma biblioteca, e viajar era o conceito de ser acessível ao Outro.

Os números das portas, os nomes dos bairros, as localizações das províncias, os caminhos, as cidades, meu pseudónimo, meu nome, minha fotografia, minha vida, a do nosso gato, a da plantinha que espreitava na fenda das paredes, tudo estava num único organismo chamado Livro, na metamorfose do barro, da madeira, do bambu, da pedra, do papiro, do pergaminho do papel e o que viria ainda a ser, não na teorização académica ou fanatismo religioso, mas na vida real, por exemplo: na Libéria, país africano com nome de livro, as facções em guerra assinaram um lindo cessar-fogo para poderem ler, leram durante a trégua, passaram desta, trocaram livros entre bandos rivais, gostaram do recreio e institucionalizaram a efeméride como *O Dia Nacional de Passar Folha*; na Birmânia, terra de leques exuberantes com caracteres incrustados no fole, as mulheres sentaram-se a abanar o pescoço diante do livro aberto, como forma de amainar o calor e a ânsia de leitura com a mesma viração; no Japão, povo detalhista, toque aqui toque acolá, uma comunidade de pescadores conseguiu esculpir num único ideograma todos os conceitos sobre a vida, e enviaram-no como oferenda em tábuas de arroz por duas gueixas de companhia para leitores solitários; na terra dos pigmeus, no centro de África, escritores mirins compuseram livros liliputes que couberam nas pontas das flechas e foram disparados como chuvas sobre as margens dos rios, para que todas as etnias ribeirinhas pudessem ler, e chamaram a esses livros *Pequenos Atlas Gravados na Água Inquieta.*

Assim por ali fora, intentos semelhantes, imperceptíveis, mágicos, imateriais, vibraram e formaram um croché apaixonado de escribas incansáveis ao redor da Terra, todos comprometidos a realizar antigos sonhos de pessoas que adoravam histórias e não sabiam contá-las e de sábios que narravam como livros, mas não dominavam o silêncio da palavra dormida.

Sem darmos pelo tempo, assim é quando se lê, vinte anos, de repente, tinham passado num virar de página. E passaram não como as águas, que, quanto mais correntes, mais frescas são, mas como os renovos que no tronco se acumulam. Entretanto, aquilo que os livros transformam torna-se perene, já nem passa como as águas, nem o conseguimos fazer desaparecer. Foi assim: cada um compilou com o outro os seus trapos numa narrativa brincante chamada história, criaram tradições novas, palavras novas, heróis novos, e o resultado foi que nos tornáramos um povo de livro arbítrio, independente e livre, um povo que passou a contar a sua própria história aos livros, a ensinar-lhe sobre nós e os outros; e nunca mais fizemos nada sem olhar para o livro a partir do nosso ponto de vista. Mas o futuro desceu a rua quando as novas gerações desenvolveram malabarismos inusitados na maneira de pegar o livro entre os dedos dos pés, na garupa dos animais de montada, sobre a tampa das panelas, de cabeça para baixo, e fizeram com que toda a gente tomasse a lunática consciência de que éramos afinal um pequeno espaço para a Humanidade mas, sem dúvida, um grande espaço na imaginação.

– Nunca imaginei,

disse para Flor.

– O mundo tem razão de reagir com pena,

respondeu-me.

Achei reveladora a resposta naquela circunstância, não sei se Flor o fez de propósito, se intuiu de viva voz o que viria a acontecer, ou se a palavra também tem instintos, mas, reparem, Pena na sua acepção de 935 depois de Cristo significou sanção aplicada por um acto julgado repreensível, sinónimo de castigo, condenação, penitência, sofrimento, aflição, piedade, comiseração, tristeza, amargura, pesar, mas já na sua acepção do século XIII vem como uma pequena peça metálica que se adapta a uma caneta, e daí passou a simbolizar o ofício da escrita e classe dos escritores, portanto a mesma palavra para prisão e para liberdade.

– Acertaste no seio e no ventre da palavra,

disse-lhe.

– A respeito, Verónica está grávida,

atirou Flor.

C'um *carajo*!, gritei, e rimo-nos com tanta malícia e contentamento que fomos a correr juntos para a casa de banho, mortos de mijo.

Estávamos na Primavera e, pela primeira vez desde que nos conhecemos, o casal não veio para a Páscoa, Verónica tinha de passar a gravidez deitada, por causa da madre velha, e Antão não saía do lado dela.

No Natal, a anunciação veio em pessoa no colo da mãe, que obra bela!, elogiei, era uma menina, uma petiza tão bonançosa que parecia encomendada. Deram-lhe o nome de Fé. Ao ver Verónica a amamentar, uma mão sobre o seio a esticar a pele para o reganho do mamilo e a outra a acariciar a palma da mão do papá babado, chorei no meu canto.

Capítulo XIX

E chegou então a notícia
mais inverosímil
de toda a História

Dezembro virou Agosto, a vida ressurgiu nas suas novas adaptações – nunca mais nada foi igual para os nossos amigos, como nunca mais uma pessoa é igual depois que lê ou tem um filho –, e Flor e eu, vinte anos após o término do Livro, desfrutávamos confortados e esquecidos dessas voltas que os livros dão.

Um dia, eram duas da tarde, hora névoa do dormitar a velhice no fim do almoço, e momento diário de várias criancinhas da vizinhança baterem à porta para apanhar tamarindos no quintal, esperavam ansiosas pelo sinal que eu lhes fazia com o bico dos pés em negação, riam aos gritinhos e passavam competitivas para a cata do fruto, uma delas parou séria diante do meu ronco, chamou-me de mansinho e disse:

– Vovô, vovô, estão dois polícias na rua em frente à nossa casa.

Ergui-me, coloquei os óculos, cheguei preguiçoso à porta principal e, que susto, bati numa cenoura de dois metros plantada no batente, *carajo!*, praguejei, era um homem gigante, magro, com a pele e os cabelos amarelados, uma gravata verde sobre uma camisa branca, umas calças pretas com vinco de oficial, a suar escandalosamente sob o calor dos Trópicos.

– Ora viva,

cumprimentei-o.

Ele, com o protocolo e a educação mais esmerada que eu jamais assistira, estendeu-me a mão e correspondeu:

– Meu nome é Börje Anderberg, sou portador de uma mensagem muito importante para o senhor Arcanjo de Deus, ou para o senhor Simplício Augusto, se preferir.

– Seja bem-vindo,

disse-lhe.

Entrámos, dei-lhe a metade do sofá, ele sentou-se, correu o zíper da pasta preta que carregava, três folhas timbradas tirou e me entregou com quieta submissão. Flor, discreta, pediu licença e evadiu-se para o quarto.

Li com vagar cada uma das páginas, voltei a ler, hum, exclamei, pois, ou era uma brincadeira de bom gosto, ou era sério e aquilo não podia estar a acontecer.

– O senhor Simplício já percebeu que venho em nome do Comité Nobel, da Academia Sueca e da Monarquia?,

perguntou-me Börje.

Sim, disse-lhe, já entendi, ele meteu a mão no bolsilho da camisa, sacou duas notas rabiscadas a lápis, revisou-as com fidúcia e atenção plenas, perguntou-me distante se eu sabia que os meus leitores, de mãos dadas, podiam fazer uma circunferência humana à volta da Terra; ou, uns nos ombros dos outros, montariam uma escada até à Lua, asseverou. Fixei-o, questionei em galhofa se haveria escafandros para todos, ele nem rasgou a comissura dos lábios, pelo contrário, agravou a sua seriedade sueca com um assentimento muito espaçado e continuou a explicar-me, o Comité Nobel, reunido havia poucos meses, decidira por unanimidade que, naquele ano de 2018, não haveria a atribuição do Prémio Nobel de Literatura, ou melhor, não haveria e haveria, esmiuçou; no primeiro caso, disse, não era ético festejar, porque a casa estava manchada por uns assuntos de rabos de saia não consentidos; e, no segundo, os académicos tinham votado pela atribuição inédita do prémio Nobel de Literatura à Literatura. Porém, uma dificuldade séria os desgostava: não conheciam ninguém vivo que pudesse representar global, simbólica e historicamente a Literatura, alguém que personificasse todos os livros da Humanidade, como, por exemplo, outrora o tiveram na pessoa de Gutenberg, ou daquele argentino cego a quem não deram o Nobel. Mas, milagrosamente, alguém, um africano recém aceite, o senhor Soyinka, consultado, lembrou-os de que havia em África a minha história e, ora, foi um fascínio, disse Börje, a Academia achou a sinopse mais uma maravilha tirada de um livro, razão pela qual, senhor Simplício, venho *comungar* que o Comité propôs atribuir o prémio deste conturbado ano de 2018 ao senhor Simplício Augusto, símbolo daquilo de que O Livro é capaz, concluiu.

– Não posso aceitar, senhor, eu não escrevi esses livros todos,

soltei de chofre.

– O senhor sabe que Homero não escreveu a *Ilíada*. O senhor Arcanjo de Deus, pelo menos, escreveu um livro que desapareceu.

– Não desapareceu,

contradisse-lhe.

Ele encolheu o pescoço e engoliu o palato:

– Como?,

esquadrinhou com todo o corpo.

O Livro não desapareceu, repeti, puxei um cigarro, dos de Flor, que eram mais charutados e incomodativos, levantei-me, com a vossa permissão, reverenciei, fui ao quarto, encontrei Flor na mesma posição do dia em que o Livro se extraviou, sentada sobre a cama com a cabeça caída sobre o ombro direito e as mãos no regaço, alcancei a caixa de sapatos que servia de arquivo de correspondências, apanhei a única carta que guardei das mil e tantas que recebi, saí, mostrei-a a Börje, pois leia o senhor mesmo, disse-lhe, e adiantei, olhe, foi um escritor português chamado José que ma redigiu, guardei-a porque ele, em vez de escrever um livro em meu nome a contar a sua história, como todos fizeram, endereçou--me esta carta em seu próprio nome, e ofereceu-me com todas as letras verosímeis o que está ali escrito:

«*O Livro está na Aldeia do Povo Que Não Sabe Ler Nem Escrever e Tem a Biblioteca Mais Linda da Terra.*»

– Porque ocultou esse secreto, senhor Simplício?, averiguou Börje.

– Por duas razões: por vergonha e porque um livro é a última coisa a morrer, afirmei.

Por vergonha, sim, porque, afinal, a maldade não mora no coração de cada um, como se costuma dizer, mas noutro lugar, no coração só mora o amor, abri-me diante de Börje. A maldade é um atributo do intelecto. As crianças têm coração e não têm maldade, os ursos pandas também, e os peixes *idem idem* águas águas. Aliás, o polvo tem três corações e nunca deu um dedo que não fosse para salvar o capuz. Quanto a mim, contei-lhe, o derrube do livro de Antão naquele dia chuvoso mostrou-me a minha má índole, fez-me pensar que tinha achado o ladrão, e mantive essa desconfiança até o dia em que recebi essa carta, convivendo com ele praticamente todos os dias. Dificilmente posso hoje dizer se um amigo é mais importante do que um livro, ou vice versa, mas aprendi que o roubo de um livro, até mesmo de um original, se não for por ganância, deve ser julgado como furto de pão, ou de semente, e que desconfiar de um amigo é um ultraje à única coisa que Deus não tem.

Börje fez um movimento de desconforto, pediu perdão pela falta de estudo, nunca ouvi falar de semelhante lugar, disse, nem eu, confessei-lhe, antes de José, pessoa de augustas informações sobre o paradeiro de cartas avoadas, encomendas sem destinatários, remessas sem remetentes, poemas anónimos e outros desencontros humanos, aliás, foi ele, José, que me avançou que na Aldeia do Povo Que Não Sabe Ler Nem Escrever e Tem a Biblioteca Mais Linda da Terra as malas de correio são recolhidas todos os dias pela manhã na maré seca, num trabalhoso e amado processo de salvar a privacidade do género humano, são acomodadas conforme o tamanho, a forma, o peso, o cheiro e a cor, protegidas sob umas armações de bambu cobertas de folhas e flores impermeáveis, por causa das condições climatéricas peculiares da região, e dão entrada no acervo do olvido universal. A biblioteca deles conta com uma extensão oito vezes a do museu do Louvre, supera em largos milhares as colecções das bibliotecas de Tumbuctu, do Vaticano e as que foram da Alexandria e de Pérgamo, e encerra desde livros, cartas, fotografias, documentos originais, confissões, dívidas, letras, declarações, doações, a arquivos mortos e arcanos que os vivos não quiseram ou nunca tiveram coragem de confiar a outrem; tanto que, supõe-se, ali descansa hoje o mais vasto património manuscrito da Humanidade.

Börje arregalou os olhos brasinos, passou de cenoura a laranja, corou de feliz e brindou-me com curiosidades de um mundo que eu desconhecia, contou-me que a Noruega possuía o maior banco de sementes do mundo, com mais de um milhão de amostras vindas de sessenta e seis países, uma estufa criada para o mundo voltar a semear-se, caso aconteça uma hecatombe, é chamada a Arca de Noé das Plantas, disse, numa clara parábola com a Aldeia do Povo Que Não Sabe Ler Nem Escrever e Tem a Biblioteca Mais Linda da Terra.

Ora, cada mundo com a sua cultura, contestei-lhe. Sobre a Aldeia do Povo Que Não Sabe Ler Nem Escrever e Tem a Biblioteca Mais Linda da Terra, ela alberga a mais vasta reunião ordenada de folhas de papel do Planeta, uma espécie de «Memória Esquecida do Mundo», é administrada horizontalmente por um povo sem guerra, que desconhece a cultura das perguntas e, em toda a sua história, segundo José, apenas uma vez seus nativos permitiram a violação de uma encomenda, por se confirmar que era um roubo que ali se queria ocultar; de resto, consideram cada coisa perdida um deus achado; seus inventários são feitos de memória e as datas de chegada são estabelecidas pelos raríssimos intervalos das chuvas, o nosso Livro, por exemplo, estaria classificado como o *correio que deu à costa na chuva do meio-dia e dos três arcos-íris gémeos prévios ao segundo aguaceiro da tarde.*

– E onde fica esse lugar?, perguntou-me Börje.

– Na ilha Tristão da Cunha, confirmei-lhe.

Segundo José, é escusado alguém tentar lá ir, pois não há hotéis, nem restaurantes, as praias são restos de todos os naufrágios e objectos desaparecidos do mundo, chove quase todos os dias, das sete da manhã às dez da noite, e, para variar, no meio da ilha há um vulcão azul que ronrona como beiços de camelo; em termos de navegação, a Aldeia fica localizada no sul do Oceano Atlântico, em território ultramarino britânico, tem a epítome de ser a mais remota ilha povoada do Planeta e, pelo que se sabe, a única forma razoável conhecida de lá chegar é através da Cidade do Cabo, na

África do Sul, a dois mil e oitocentos quilómetros de mar, a sete dias de barco, avião?, não, não há aeroporto, helicópteros também não, não têm autonomia; seus duzentos e sessenta e nove habitantes moram aglomerados no único povoado, Edimburgo dos Sete Mares, onde, a Sul, entre florestas e furnas, encrava-se a Aldeia do Povo Que Não Sabe Ler Nem Escrever e Tem a Biblioteca Mais Linda da Terra.

Börje sorriu, maravilhado, abriu os braços e lançou:

– Isso é tão bonito que o senhor devia vir a Estocolmo consagrá-lo.

Flor, que escutara tudo do quarto, apareceu de rompante, apresentou-se a Börje com todas as suas divisas e apalavrou sem acanho:

– Simplício vai, sim.

Depois olhou para mim, ordenando com as suas fisgadas de sobrancelhas que eu confirmasse, sim, vou, disse, mas, adiantei, só aceito se puder fazer uma pergunta à Rainha, e, em função da resposta, decidirei sobre o prémio.

Börje agradeceu com discrição e prometeu que transmitiria integralmente o meu requerimento a Sua Majestade.

Apertámos as mãos e, com a mesma disciplina com que ele apareceu, fundiu-se na tarde como um crepúsculo vertical e sumiu com os dois polícias de cicerone.

Quando olhei para o outro passeio, a nossa rua estava espetada de vizinhos com os seus livros a tapar a indiscrição e a indagar porque a polícia viera à minha porta, cumprimentei-os e expliquei-lhes que tinham vindo acompanhar um enviado d'El Rei, «Hum!», exclamaram.

Flor, incontida de risos, comentou à entrada:

– Curioso, ele lembra-me a Pipi das Meias Altas.

Nessa noite, jantámos perguntas, muitas perguntas, dormimos estrelas, muitas estrelas, e Flor contou-me logo de manhã que sonhou com castelos, se eu sabia o que significava, ri-me, ora, a especialista em sonho és tu, disse-lhe, e apartámos com o bocejo os laivos da noite. Nunca víramos um sol tão alegre.

Às oito da manhã, Antão estacionou munido de uma carta muito diferente, disse, tinha uma crista de lacre e dois fios de ouro na lapela, abri-a, retirei a oficialização do convite, uma granulada textura real, assinada sobre a data da cerimónia marcada para o dia 18 de Setembro, e a conferir-me a potestade de constituir uma comitiva de até seis pessoas para a viagem. Antão ficou com os olhos alagados.

Capítulo XX

E eu faço a pergunta decisiva

Dois meses depois, viajámos a Estocolmo, uma cidade vestida de neblina, com as fachadas dos prédios e os parques a nadar entre as doze mil matizes possíveis de luz. Para quem nasceu nos Trópicos, tinham-nos metido dentro de um livro de fadas.

Um senhor de camisa laboral abotoada até à garganta, uns calções pesados com suspensórios, sandálias de couro grosso e meias com bolinhas vermelhas foi-nos buscar e levou-nos, em vez de ao tradicional Grand Hotel, para a casa da Academia Sueca de Escritores, um edifício de cómodos recheados de mobiliário em madeira, uma biblioteca, uma lareira e um poema traduzido do sueco para o inglês, deste para outra língua, desta para a seguinte, e assim por diante, até à versão da penúltima novamente vertida para o sueco, que resultara num poema completamente diferente do original.

Numa ala da casa puseram Verónica, Fé e Antão, noutra, Rodrigo e Gonzalo, e, no centro, Flor e eu.

Ao meio-dia e três minutos, tal como combinado, o mesmo senhor em traje de lenhador recolheu-nos sem dizer uma palavra, cruzou-nos a cidade, subiu-nos para uma colina verde e depositou-nos numa casa de vidro chamejante de pratos, copos, talheres, velas, saudaram-nos com embalo de sotaques os representantes da Rainha e do Rei, da Academia e do Comité Nobel, todos mui pitorescos anfitriões, diga-se de passagem, os homens como os bebés chorões, as senhoras de saias de cordões à cintura, aventalzinho de boneca, bandolete e uma fralda bordada sobre o peito. Flor e eu, com temor antecipado de fazer figura de bons selvagens, parecíamos os outorgadores do prémio, e não os agraciados, na circunstância.

Serviram-nos o aperitivo e, logo, sem perder pitada de tempo, falaram-nos da agenda a cumprir, dos protocolos a seguir, do alinhamento a observar, dos discursos a cronometrar, do banquete real, dos locais das cerimónias e dos trajes, cada mandatário com um reparo importante na sua jurisdição, até que o último deles informou-me de que Suas Majestades me receberiam às quatro da tarde para a tal pergunta, e aproveitava para me fazer uma advertência oportuna: eu devia usar um traje formal para a audiência, mas para a cerimónia do Prémio Nobel a recomendação era que nos apresentássemos com a roupa que normalmente usamos para trabalhar.

– Eu escrevo de pijama,

alertei o senhor.

Ele sorriu com grande afecto, consultou os outros colegas e respondeu-me:

– Pois vá de pijama, *Sir*.

E mais não falámos, pois o almoço terminou à hora fixada, catorze em ponto, a viatura já estava de motor aceso à nossa espera, despedimo-nos e, com a mesma precisão de rota, deixaram-nos em casa.

Habituados à nossa lentidão moldada pelo calor, tínhamos constatado que o tempo ali agia com velocidade de devedor, mal nos compusemos e já faltava apenas uma hora para a visita aos reis. Flor retocou-me ágil a gola, deu-me o nó à gravata, pediu-me para colocar a jaqueta de gabardine azul, ela desceu pela cabeça um lindo vestido violeta com campânulas e entregámo-nos para o encontro de Suas Majestades.

A mais linda cidade na hora do crepúsculo se nos regalou, espectacular Estocolmo, chão que sai do mar, suspende o céu em pequenas pontes de madeira, escarpa-se por entre ripas e folhagens e, depois, é engolida pelas névoas num arrojo semelhante à festa do início da luz.

O carro passou diante de uma portada medieval, deu a volta, entrou por uma ruela de arcos menores, parou diante de um frontispício de mármore, dois homens de luvas brancas abriram-nos as portas simultaneamente, dobrámos umas escadarias curtas de ardósia negra, batemos num enorme portal de madeira chumbada com pregos e rebites de bronze, uma ordenança quase invisível franqueou-nos uma saleta aveludada, esperámos de pé, e, antes de piscar o olho, outra porta caseira descerrou atrás de nós e, de um lindo conto real, duas majestades estrugiram cheias de afago e familiaridade.

Uma vez mais a nossa pompa de mandarim deixou-nos extravagantes, pois a Rainha, na sua altiva modéstia, confundia-se com uma camponesa diante de Flor, e eu mais galante do que o Rei mil vezes pintei.

Na hora do agasalho protocolar, Flor entregou um bordado em ponto cruz à alteza Rainha e eu, ao Rei, um livro de poemas que comprara num alfarrabista, prenda que deu azo a uma pronta charla de bons amigos, pois a monarca falava português, o que não acontecia desde Amélia de Orleães, a última Rainha de Portugal, então, à vontade com isso, glosei acerca da palavra alfarrabista, que vem do nome de um filósofo árabe, al-Fārābi, e a Rainha, na hora, e com sagaz sentido de troca, disse-me que a palavra *Saudade* também provinha das arábias, mais precisamente de um tipo de música tocada com alaúde, chamada Sawt. Maravilhei-me.

– Mas bem, qual é a tal pergunta, senhor?,
lançou-me a Rainha.

– E se o Livro aparecer e for muito mau?,
ataquei logo.

– A sua história é muito boa,
contestou-me a Rainha.

Flor mexeu a cabeça para tirar uma franja de cabelo que lhe tapava um olho, pigarreou e disse com voz de mãe aos reis:

– Era o que faltava, que alguém achasse o Livro mau.

Rimos com destemperança, abordámos os assuntos que afligem os nossos povos, continuámos a saborear a língua, sempre acompanhada de sumo de laranja, até que, a meio do copo, os reis levantaram-se, estenderam-nos as mãos, tivemos de pousar as nossas bebidas, acompanharam-nos à porta e, com manifesta saudade, disseram-nos, até amanhã.

Não sei como contaram os segundos e os degraus, mas, quando os ponteiros viraram um só sobre o número quatro, o veículo deixou recto a guardaria do palácio. De volta à residência, o chofer assíduo desceu-nos junto à fonte do jardim. Ao caminharmos para o saguão, vi na outra escadaria Börje a conversar com Antão e este a esconder algo dentro do casaco, estranhei, vou até ali, disse a Flor, aproximei-me sério dos dois, perguntei-lhes sem rodeios o que é que estavam a confabular, e ambos responderam sem hesitar e com pouco nexo: «Amanhã saberás.» Voltei intrigado, não quis dizer nada a Flor, mas a minha desconfiança era visível, eu pressentira que Börje e Antão me escondiam um segredo fundamental, será que o governo sueco contactou o britânico para atestarem a fidelidade da minha narrativa, minha não, de José?, especulei com Flor, e ela respondeu-me:

– Amanhã saberás.

Capítulo XXI

A bucólica antessala de premiação

Nessa noite, comemos juntos, Verónica fez um jantar no salão, e, no final, Flor ordenou a toda a gente que fosse dormir cedo, pois amanhã, disse, ou acaba, ou começa o mundo, e temos de estar de pé.

Logo que entrámos no quarto, ela emitiu um comando que, em cinquenta anos de casamento, nunca lhe ouvi:

– Despe-te e deita-te.

Obedeci sem vacilar, fiquei resguardado como os lutadores japoneses, com apenas uma albarda de lençol sobre as minhas partes púbicas, ela entrou feita uma camada de óleo fino nos meus braços enrugados, encostou seus seios caídos nas minhas costelas, passou a seda densa das suas mãos nas minhas coxas, trouxe um terremoto macio para a minha medula, desabrochou uma humidade entorpecente entre nós, e, de como não tinha memória, entregou-se completamente nua, pela vez primeira e última, ao seu marido. Acochávamos com satisfeita insónia e insanidade e, depois de muitos anos, voltei a não me lembrar de quando me esqueci, a transe há muito morrida renasceu, e não podíamos dizer que era uma atracção, ou outro brio da pele, porque a questão segue sendo de onde vem o amor – isso, sim, verdadeira charada cósmica e personalíssima.

Flor deixou-me infantino na cama, recolheu o pijama, cheirou-o e valorou assim a atitude:

– É o teu traje mais nobre, veste-o para te deitares comigo.

A seguir, levou a roupa para a ducha, libertou-se a cantarolar suas milongas e deixou o fato a secar pendurado pelos cabides no varal da cortina da banheira. Dormimos como nascemos. Em verdade, estávamos renascidos.

Ela acordou cedo e, entre outros afazeres, foi várias vezes durante o dia perguntar com o toque da costa da mão ao pijama se estava seco, enquanto eu retocava com tremura de iniciado as últimas palavras do discurso, e, de repente, um bicho voador saiu de um buraco de madeira e gritou: «cu cu.»

Os suecos contam raios solares, não minutos, gritei para Flor, e não desperdiçam um. Quando o chofer, o protocolo e os acompanhantes, todos aprumados nas suas roupas de ocasião, calções de caça, sapatos de jardinagem e chapéus de caçador, compareceram em várias viaturas iguais, com a diferença de dois segundos uma da outra, nós ainda estávamos no cuidado dos trajes, e tivemos de nos ajudar mutuamente no frufru dos tecidos. Foi o único momento em que os notei ansiosos, sempre de caderno e lápis na mão, inflados daquela não-formalidade investida de perfeição, uma educação que trata o conjunto pela parte e a parte como o todo, em nome de um prestígio conquistado ao longo de cento e dezassete anos.

No minuto pontuado nas reuniões, a comitiva se apresentou na recepção da casa, Flor íntegra no seu vestido de matrona, Verónica lisa de beata domingueira, Fé, a criança, primaveril, Rodrigo, comedido e garboso, Gonzalo, disponível e aprumado, e Antão, pela aparência, era quem ia receber o prémio, pois eu, bem visto, não fosse pelo pijama, passaria completamente despercebido, porque, de todos, quem mostrava menos pinta de escritor era eu, um sujeito atarracado, gordinho, com bigode de mariachi fausto, ar daqueles feitores de requerimento que ganham a vida à porta dos tribunais, ainda por cima de pantufas, porque tínhamos testado em casa uma fila de sapatos e Flor considerou ridículo combinar sapatos de lustre com pijama de cetim.

Pedimos desculpas pela demora, subimos nervosos para os carros e rolámos para fora da cidade. Meia hora depois, deparámos com um castelo – o sonho de Flor –, os veículos abriram de modo síncrono as suas quatro asas verticais e, quando saquei o pé direito para tocar o chão, dois matulões igualmente amarelados despontaram e estenderam um tapete vermelho cheio de florzinhas verdes a cheirar a rosmaninho, coreografaram uma leve e incisiva vénia, bem à maneira escandinava de dizer que era um convite mas uma ordem, e esperaram que eu acatasse. Então botei os pés em cima daquele piso fofo e florido, os dois grandalhões sorriram com responsabilidade e, Eureka!, o caminho se fez rolante como uma centopeia. Viajámos em direcção a uma pérgula ladeada por dois veados de cimento, dois potes de pétalas e duas meninas com dois pratos de prata cheios de caramelos.

Um ataque incontrolável de riso apoderou-se de mim, porque eu marchava, o tapete marchava, eu parava e ele parava, tudo muito desentendido, não era transparente como é que semelhante artefacto, uma espécie de terra serpentina alada por dois Sísifos rapagões, maquinava, e não conseguia deslindar como é que, sendo apenas uma porção, o tapete, entretanto, se desenrolava sem fim adiante e atrás. Ora, para o testar e drenar a minha risada, fiz uma curva brusca para a esquerda, e o tapete, zás, passou à minha frente e se deitou feito chão de preguiça; contornei a mesa para a direita, o tapete, zás, fez um ângulo rente à pedra e se encaixou, parei, o tapete, zás, parou, subi dois degraus, o tapete, zás, colou-se como escada de plasticina, e eis que então resolvi pregar-lhe uma partida, travesso como fui desde maroto, e fiz uma viragem completa, abrenúncio!, o engenho fez sàz, deu marcha-ré e seguiu como se aquilo fosse sua natural evolução, ou seja, avisado fiquei de que, se me ocorresse correr, a carpete correria e, se pulasse, ela voaria.

Entrámos numa paisagem de fumaças azuis a sair dos cantos, vários caldeirões vaporavam sentados sobre atilhos de lenha de bosque, sempre mais fumarentos do que fogosos, e, mais ali, uns homens suados tiravam a grandes braçadas baldes e tinas de água, que suas mulheres, mais adiante, despejavam aos cântaros nas suas vasilhas, levavam-nas no alto da cabeça e vertiam-nas em cachoeiras e turbilhões em miniatura para um tanque redondo, gerando borborós, burburinhos e borbulhares tais águas do tempo da cozedura da Terra; ao lado, um grupo coeso de raparigas aldeãs ventava uma língua de lume, os rapazes exibiam caixas de fósforos uns aos outros, como ameaças de desajuizados, cabriolavam, acendiam os paus, apagavam-nos com um cusposo sopro colectivo, perdiam-se em gracejos com os palitos entre os dedos, aplaudiam-se, raspavam outro pau, saltitavam de brejeirice, competiam para o bafejar e, finalmente triunfantes, pulavam com os arcos de artifício na curva das cabeças queimadas ao ar frio, e palmas; mais afastados, um grupo de velhos parlavam sentados em bancos de madeira e musgos, com suas dentaduras de bocejos lânguidos, enquanto debulhavam o tempo entre as suas rugas calcadas de melancolia; dezenas de crianças brincavam num jardim infantil zoológico-botânico, um cerco de pedras artificiais, muito rudimentar, muito engraçado de se ver, meninas e meninos loiros, tisnados, embostados e encardidos salpicavam como sapos uns contra os outros, oriundos de um longo futuro requentado, corriam atrás de umas galinhas de cacarejos histéricos, e vi um menino a olhar tanso para um porco, insistiu, instigou, até que o porco grunhiu, focinhou a terra, raspou a pata dianteira como um toiro e o puto chispou em correrias e afobação, e os pais ergueram-se exultados a bater palmas e a gritar incentivos para o filhote se enlamear direito.

Aportámos finalmente a um barracão de lâmpadas eléctricas com um amplo corredor apetrechado de mesas, cadeiras, utensílios de casas de famílias, uma longa tábua e um Pantagruel de grilos fritos, frutas podres, cebo congelado, salmão, beterraba, palmito, esturjão, cabidela, tremoços, escalopes, vieiras, toucinho, enfim, tudo do vasto mar e da sagrada terra mancomunado numa única e lauta refeição.

Eu e o tapete, sempre a contorcer de um lado para o outro, escorregámos silentes, parámos debaixo de um candelabro que no centro da sala constelava, Börje Anderberg apareceu pigmentado de vermelho, cochichou-me umas instruções protocolares de grande precisão para eu experimentar um caroço confitado que cintilava ungido num pires de cerâmica, assim procedi e, logo, todos os convivas se achegaram e levaram à boca o seu caroço, cada um o seu grão único, ao que se seguiu instantaneamente o inconfundível marulhar do elogio sueco à comida, hum, retumbaram, depois, o tapete e eu abordámos a mesa graal das sacras bebidas, elixires feitos de flores, cacto, arroz, batata, pêra, uva, cana, anis, mandioca, milho, beterraba, palma, mirtilos, e uma de colecção de mixórdias industriais lindamente engarrafadas com rótulos que lembravam as garrafinhas de absinto de Toulouse Lautrec, o pintor francês. Outra vez, como protocolado, Börje Anderberg sussurrou-me a instrução para eu beijar o cálice à minha frente, assim fiz e, logo, todos os convivas entornaram as suas doses únicas, ao que se seguiu mimeticamente o distinto marulhar do elogio nórdico à bebida, hum, hum.

E foi assim que deram por aberto o banquete, sem palavras nem auto-elogios, isentado de toda a fidalga impostura dos garfos, da procedência dos copos, da pirâmide dos pratos, da mesura das facas, do equívoco dos guardanapos, do arroto retido e do querer inibido. Os suecos muito pouco falaram entre si, e comigo o exacto para me ensinarem a expansão da palavra *Smorgasbord*, que nós felizmente traduzimos por *mesa sueca*, porque banquete lhe fica curto, ela não é só a fartura altamente comedida, mas também a fome delicadamente saciada, nada de engolfar a língua, ou ficar de boca cheia a machacar o sabor dos picantes e das ervas tropicais, não, porque o endro é um tempero delicado, não pede bochecha estufada de mandioca, tudo com ele sabe na ponta da língua, como um pedaço de poema esquecido na memória, tudo é fabuloso, guloso; mas, meu povo não fica para trás, ele sabe o que faz, ora essa, salmão com malagueta não harmoniza, nem cabidela com endro entra, então untei o meu prato de sal grosso, para esquivar o gosto a papel de certas iguarias, e comi sofregamente.

Noite dentro, toda a comida retirada e ali ter ficado um lugar que nem uma formiga esteve a debicar, uma servente com traje de boneca loira tocou um sino grave, um criado de luvas brancas encenou-se, fez-me uma saudação personalizada e conduziu-me para o pátio onde antes os velhos parlavam, os jovens competiam de cessar-fogo, as mulheres carregavam água à cabeça e as crianças brincavam aos bichos pós-históricos com as galinhas, os porcos e os patos. Abrir parêntese, eu tinha reparado que algumas dessas crianças apanhavam uma pedra e, em vez de a arremessarem ao animal, atinavam a pressioná-la com o polegar, imitavam um controle remoto, ao que parece, porém, as alimárias não obedeciam aos comandos, e as crianças batiam irritadiças nas pedras. Fechar parêntese. Um acorde de silêncio se fez.

Capítulo XXII

O momento da verdade
e a minha grande mentira

Com todo o cuidado para não alarmar o chão, colocaram-me no meu metro quadrado certo, Suas Majestades posicionaram-se diante de um púlpito fino de madeira, ela com uma saia de rapariga de vilarejo, sandálias, avental e um pequeno lenço de empregada a descair sobre a nuca, ele de calções curtos com suspensórios, uma camisa de algodão e umas botas de cavouqueiro. Börje aproximou-se com uma pasta azul, empertigou-se em postura de guarda palaciana e pregou:

– Senhoras e senhores, boa noite, vamos dar início ao acto de entrega do Prémio Nobel de Literatura deste ano de 2018.

Abriu a capinha de cabedal, entregou-a ensanchada à mulher vestida de servente, na circunstância a Rainha, ela esboçou um sorriso lumimoso, entre aspas, o termo é sueco, versificou e diversificou um lindo e vero discurso:

«Ilustres e venerandas crianças
Bravo e distinto laureado Simplício Augusto e sua
linda comitiva
Amigas e amigos

Quando eu era bambina
Tinha uma boneca de trapo
Meu irmão menor criava um cachorro de madeira
A quem contávamos tudo
E dele tudo ouvíamos
Assim que crescemos
A boneca e o cachorro deixaram de ser nomeados
E nós nunca mais tivemos para quem abrir os
sonhos

Um dia
Num momento de grande falta de tudo
Idade em que ninguém nos compreende
Descobri uns seres ilusionistas
Que recriavam bonecas e cachorros para as gerações
Tinha desencantado os escritores

Senhor Simplício,
Permita-me evocá-lo também como Arcanjo de Deus
E dizer-lhe que a falta de pompas desta cerimónia
Não é uma medida proporcional ao seu mérito
Quando a Academia Sueca tomou a boa decisão
e no-la comunicou
Eu disse que só aceitaria realizá-la
Se cada um de nós pudesse reviver neste dia
Aquilo de que mais temos saudades
O resultado foi surpreendente e estimulante

Eu por exemplo quis ver o lume da lenha
Beleza que se ausentou da minha vida junto com
a minha boneca
E o meu irmão
Os anciãos quiseram a conversa na praça com
um velho amigo
As crianças pediram para conhecer os animais
que só vêem em desenhos
Os jovens votaram para usar o fósforo
Imagina
Este país criou a fábrica Ionkopings, o maior
produtor mundial de fósforos
Entretanto
Somos o seu menor consumidor
Só usamos fogões eléctricos

Senhor Simplício nosso amado Arcanjo
Esta cerimónia
Original e estranha
Certo
Nem de perto é comparável à inédita epopeia
do seu livro
Mas saiba que do fundo dos nossos corações nasceu
Na fé e na esperança de que essa nossa ousadia
Venha a constituir o tom inaugural de uma nova Era

Muito obrigada.»

Eu fiquei embasbacado.

Demorei a interiorizar a seriedade de algumas loucuras sem as quais ninguém é completamente são. Inovar é uma delas. Uma Rainha de carne e osso a chorar em público eu nunca vira. Mais lindo ainda, o marido a acalantá-la com meiguice e companheirismo de brincante.

Börje esperou até acabar uma música vinda de um quarteto de cordas, virou-se para mim e, com a mais esbelta solenidade que se pode sonhar, leu devagar e emocionado o cerimonioso texto da premiação, um resumo de tudo quanto me dissera da primeira vez que nos vimos, agora com o deleite triunfal de pronunciar o meu nome, Simplício Augusto, e acrescentar-lhe, na coda, um predicado novo: o criador de Arcanjo e o seu criado, disse.

Sob fortes aplausos, o tapete rolou lentamente para o centro do acto, estatuiu-me em riste diante da Rainha, dois meninos vieram com uma peanha, Sua Alteza subiu nela vestida de mucaminha pernambucana, para evitar que fosse eu a me curvar, e desceu pelo meu pescoço a gloriosa medalha de ouro com a efígie do homem que inventou a dinamite.

Börje, acompanhado por duas raparigas com um bauzinho de madeira velha cheio de incrustações de ferraduras e cabeças de seres mitológicos, parou a um metro de mim, no centro da sala, destampou a arca, tirou um envelope em tudo similar ao que um dia depositámos nos Correios, meu coração explodiu, uma das assistentes com traços de vaqueira recolheu o pacote, deitou-o sobre os antebraços da outra ordenhadeira, as duas levaram-no ao Rei, que o desembainhou com uma espátula prateada atada ao cinto, extraiu um diploma com selos dourados e caracteres góticos e, servilmente, com as duas mãos entregou-mo. Agradeci em reverência.

O tapete transportou-me então para o plinto do laureado, os dois homens fizeram um convite para eu descer e subir, assim fiz, deixei a superfície esponjosa e pisei a madeira do altar do premiado. Era verdade aquilo que estava a acontecer, eu ia fazer a palestra final. Sequei as lágrimas que pingavam sobre o papel, respirei fundo para dominar os nervos, olhei os semblantes felizes das personagens, observei os protocolos, cumprimentei as crianças, Suas Majestades, minha família, os convidados, nessa ordem, por último, os presentes e os ausentes, e entrei no âmago da fala que tinha escrito:

«O explorador Noel Ewart Odell, da ilha de Wight, descobriu no cume do monte Everest o fóssil do minúsculo *Leuntorocitos*, um animal marinho com mais de quatrocentos e cinquenta milhões de anos, cuja vida teve fim no dia em que o lábio tectónico da Ásia beijou a boca ávida do subcontinente indiano.

Num outro registo, o pesquisador Nicholas Flemming encontrou a cidade submersa de Pavlopetri, com mais de cinco mil anos de imersão, todavia intacta nas suas campanas surdas, seus cemitérios afogados, suas marcas de joelhos nos genuflexórios; e, também, um tipo de vida completamente híbrido entre o terno, o eterno e o terreno, a que deram o nome científico e religioso de *ostra consagrada*.

Essas são as marcas do tempo, minhas senhoras e meus senhores e minhas crianças. Ficarão desiludidos se eu vos disser que passei todos estes anos a mentir. Mas na causa desta mentira reside a razão de eu estar aqui hoje.

Conheci Flor na flor da idade, menina na botica de pregos e ferragens do pai, e, desde a primeira vista, tomou meus sonhos como sua casa e habitou-os durante três anos, até ao dia em que um beijo arrasador lhe escapou da janela e me levou sem dó a camisa, o sossego e a infância. A partir desse acontecimento furtivo, e pelo resto das noites que juntos dormiríamos, até ontem, colocou-me sempre a insólita e intrigante pergunta sobre se o meu coração costuma parar. Respondi sempre com outra pergunta: "Alguma vez viste um coração parar?" Menti. E fi-lo, creiam, com o único fito de continuar a escrever na sombra e no assombro do meu coração. No próprio dia do beijo abrasador, acordei a meio caminho da morte, e assim também nos dias seguintes, o achaque repetiu-se com tal frequência e agudez que meus pais, desesperançados, me levaram à famosa doutora da vila, a mulher com olhos de sendeiro, atitude concisa e sem mamas na língua: "Vosso rapaz sofre de uma doença congénita rara conhecida como a síndrome de Hunter, ou a doença do coração que pára", disse. Por outras palavras, o meu coração costuma parar, sim, talvez uns três segundos, talvez mais, ou muito menos, mas nada que escape ao tino de uma mulher.

Meu pai perguntou-me, num momento muito sério, e que marcaria as minhas decisões, se eu estava acometido de algum queixume, porquanto, segundo a doutora, a maleita fora detectada apenas em pessoas com mais de quarenta anos, e eu tinha dezassete. Ora, a única mudança profunda na minha vida tinha sido o beijo arremessado de Flor, mas isso omiti. Então, quis o próprio coração que eu me casasse com a pessoa que me destacou a doença, não a doutora aperaltada, mas Flor, a mesma mulher de quem ocultei a minha morte iminente faz por estes dias meio século.

É certo que minhas apneias e bradicardias, à contra-indicação do que se esperava, diminuíram acentuadamente com os anos, muito pelos cuidados de Flor, mas minha metade continua a acordar-me com a mesma frequência para me dizer que dei uns esticões, o teu coração parou, diz-me, ela já sabe os sinais, e eu, creiam-me, continuo rotundamente a negar, e nego porque esta é a única forma de contar a minha própria história.

Peço-te perdão, Florcita, graças a ti, hoje sei que a doença mais incurável do coração é a sua singularidade, eu conjuguei o meu no plural contigo, e contigo aprendi que beijar é perder o fôlego e, se não for assim, melhor cada um engolir o seu; aprendi que a cabeça existe para se perder, e o coração para ser achado; aprendi que, às vezes, perdemos o juízo precisamente porque achamos o coração, o contrário não é menos verdade, porém, só esse segundo é evitável; aprendi que mentir e omitir sobre o coração, por um assunto do coração, devia ser uma redundância perdoável, pois nós não nos diferenciamos das pedras senão pelo amor, pois vejam aonde me levou um coração defeituoso, ao porto para onde jamais me carregaria o cérebro mais prodigioso. Digo-vos que com toda essa história do Livro, o que mais guardei é que a força do destino é teimosa. Respondo a Flor que o coração não pára, mas, claro, estava a falar da ciência, e não do amor. Na verdade, meu coração terá parado muito mais do que aguentei e nem percebi.

Flor, um dia, disse-me que, se pudesse, escreveria um livro só para mim. O maravilhoso é que o fez. Com a obra que a dois moldámos, só possível de talhar pelo amor generoso, fizemos a África, as Américas e as Caraíbas e seus mais de duzentos e dez milhões de analfabetos – ou seja, um em cada quatro habitantes da Terra – pegar um livro e, pela primeira vez, ler, embora sejam leigos em todas as formas humanas de escrita.

Garanto-vos, pois, a Humanidade só se salva pelo acesso ao livro.

Muito obrigado.»

Desci, o tapete retirou-me de volta ao convívio, Flor aproximou-se hirta sob uma pipoca de aplausos, afiou as pestanas, levantou a mão direita, duvidei que me fosse bofetear naquele lugar e naquela hora suma, esfregou-me o peito medalhado, beijou-me a fronte com os olhos aguados e desabriu:

– Eu soube da tua doença no primeiro dia, tua mãe me contou.

Capítulo XXIII

E assim retornámos aonde tudo começou e nada aconteceu como previsto

Dois dias depois, despedimo-nos de Estocolmo e retornei a casa, mas, dessa vez, com um cheque imprevisto que cobria todos os outros esperados e não chegados, todos os adiantamentos-empréstimos, todos os dias futuros e ainda restava.

Ao abrirmos a porta, por articulações de Flor, que já descobrira uma coisa chamada Internet, achámos a nossa mesa parida de canastas, pães ainda quentes, travessas de peixe com cebolas douradas, pimentões, alho, cravinho, alecrim, frutas, um lombo condimentado com laranja e mel e, à volta, a sorrir de orelha a orelha, a peixeira Bi, a vendedeira Tota, o açougueiro Plínio, o padeiro Xinote e o lojista Lela (Luís, o costureiro, e Fernando, o sapateiro, já não habitavam este mundo). Lá estavam, agora como no princípio, com uma felicidade que eu desentedia que pudesse existir no alheio por sucesso nosso.

Festejámos o reencontro e as novidades sem moderação, e eles, incompreensivelmente crianças, só queriam que eu contasse como eram as terras do outro lado das águas, porque nos seus entendimentos o Prémio Nobel era uma viagem, e eu contei-lhes que conheci uma rainha e um rei de verdade, disse-lhes do dinheiro que se chamava coroa, e linguajámos até secar o garrafão do vinho rasca, que Flor mandou de propósito vir para homenagear a primeira celebração. Mas a grande novidade do dia foi saber que os meus amigos andavam a referir-se a mim como Simplício, o Arcanjo. Tarde na noite, os citadinos e os vilarejos voltaram às suas actividades, na alba, os nossos filhos tomaram o transporte, e ficámos, Flor e eu, a sós com a bela sinfonia dos grilos do campo.

Capítulo XXIV

A primeira e a última leitoras

De manhã, entrei com os raios solares na saleta dos livros, puxei o caixote de baixo da escrivaninha e repesquei o velho envelope que Paco trouxera naquele dia horrível do nosso desengano. Pela segunda vez peguei naquele livro que não era meu, *Um Dia Atrás do Outro*, do autor *Arcanjo de Deus*. De um arrepio, e não sei guiado por que espírito da floresta, sacudi-me inquieto, saí, roguei a Flor que me forrasse as costas com um casaco, coloquei sobre a cabeça idosa o chapéu e disse-lhe:

– Até amanhã, Florcita.

Ela, sem saber para onde eu ia, ou sim, varreu com a mão o xaile e a lanterna, vou contigo, afirmou, e entrou no carro circunspecta. Sisudos, rodámos em direcção à periferia da vila, percorremos o longo muro branco do cemitério, belo prédio para *homo horizontales*, dizia um amigo meu, estacionámos, descemos, fui na frente, empurrei o chamado portão do fim da vaidade, demos uns dez passos em linha recta e parámos junto à campa de Dona Margarida, nossa senhora da pensão. Tirei o chapéu, coloquei-o sobre o livro e, sob um luar parceiro e arregalado, comecei a contar a história que desapareceu com o Livro, não sobre o livro que desapareceu, aquela que eu escrevi e que só duas pessoas no mundo, talvez três, leram. Flor sabia-a verdadeiramente de cor, e foi-me de grande auxílio, corrigiu-me nalgumas passagens, revezou-me cinco vezes, até que a manhã limpa no seu limite distante se fez e nós, Flor e eu, a duas vozes, completamente extasiados no Om da harmonia com tudo, recitámos e ressuscitámos o último parágrafo. Então dei a mão a Flor e nos dirigimos para a saída e o fecho de um ciclo de meio século. Ao encostar o portão, uma buganvília seca e solitária fez-me um aceno azul com o vento, correspondi, «De nada», disse-lhe, e Flor, assustada, perguntou-me: «Ouviste também?», sim, claro, foi nítida e cristalina a voz de Dona Margarida, com aquele timbre cansado de asmática, agora refinada pelo resfolegar arenoso do sempiterno, eram seis horas da manhã. Abracei Flor com a asa do casaco e confortei-a: são sete as dicas para ouvir um morto, disse-lhe, o que me parece transcendental é que em nenhuma delas se ouve voz alguma, só um sussurro engolido, é nisso que os livros e os espíritos se parecem. Ela assentiu, benzemos saudosos e partimos.

Chegámos a casa como vindos de uma visita ao céu, Flor foi para a cozinha preparar o café e eu sentei-me na sala a rememorar e a tentar finalmente compreender o sentido da mensagem de José, o escritor português, na verdade, a intuir o seu desejo de algo que homem nenhum antes vivenciou: passar o resto da vida a acariciar livros que nunca serão abertos, e assim cumprir o estado supremo da leitura, ler só com a imaginação, ou com o coração. Passei o dia nisso, e alcancei uma simplicidade terrena e ternurenta. Interiorizei que jamais haveria de dizer que o livro é um objecto. O livro é uma flor, nasceu para estar fechado, ou enrolado, sua abertura é um acaso, um sublime encontro do presente, porque o livro tem uma ou duas páginas quando aberto, mas fechado é uma eterna beleza em botão; um livro extraviado então é da extirpe do Exponencial, omnipotente como o Omnipotente, intangível como o Perpétuo, sábio como o Incognoscível; e um livro que se perdeu sem nunca ter sido aberto erige-se como Entidade perante a qual todos os escritores e leitores deste Universo deviam prostrar-se, na crença de que um livro aberto é para ser lido, evidentemente, e um livro fechado é para ser venerado, são os livros inevitáveis, aqueles que, como os deuses, guardam códigos do começo e do recomeço; são sementes de estações humanas.

Poucos anos depois, um agudo desligar de mim atirou-me para a cama, o mundo começou a perder-se aos bocados, a retirar-se para o lugar onde nada morre, apenas se esconde, e eu no sentido inverso liberto a caminhar. Os nossos filhos visitaram-nos com mais assiduidade, queriam assistir a esse início da decrepitude, riam de mim, na minha aurora das coisas sem nexo e das perguntas repetidas cem vezes, mas, depois, apanhei-os a chorar às escondidas no jardim. Foram-se embora mais cedo. Verónica, Fé e Antão também espaçaram as visitas. As ondas de memória às vezes me afagavam na maré seca. Flor passou a colocar-me na sala como um bibelô de espantalho, para que os vizinhos pudessem ver correspondidos seus empenhos e tratos.

Numa dessas tardes serenas dos meus intervalos de lucidez, uma criança entrou como uma vespa, perguntou desajeitada pela senhora Flor e, quando Flor a acolheu, a menina pediu a bênção e despachou o recado:

– Vovó quer falar com a senhora Flor em particular lá em casa.

– Quem é a tua avó?,

perguntou Flor.

E a menina respondeu:

– É vovó.

Flor largou o xaile sobre os ombros e saiu. Eu adormeci acordado nas minhas presas mentais, e pouco tempo depois ela voltou, cambou no quarto e não disse nada, como era de sua estirpe quando tinha algo fatal a dizer. De noitinha, ela lança-me um mirada triste, vai de uma guinada ao aposento, traz contra o peito um embrulho amarelado, abre-o com raiva contida, tira um volume de papel dactilografado e desbotado, senta-se na ponta da cama, acaricia-me o corpo por cima do pijama, esfrega-me o lugar do coração tardio e narra-me cheia de pena que a avó do menino tinha acabado de abalar e ambas choraram desalmadamente, porque, disse, a senhora Rita, a vovó do menino, não parou de lastimar que vai para o inferno de elevador, sem passar pelas labaredas do purgatório, sem oportunidade de confessar a Deus e pedir perdão, porque tudo sucedeu assim: de tanto ouvir falar do escritor e do Livro, de suas histórias, seus amores, suas fantasias, nasceu-me um fascínio doentio, fiquei seduzida, e até tentada, e quando tive em mãos aquele envelope quente, senhora Flor, não aguentei a excitação. E pôs-se de joelhos, Simplício, tinhas que ver, jurou três vezes que sua intenção era apenas ler o Livro e devolvê-lo para expedição, por isso o levou para casa, sabe Deus, disse, mas quando o desaparecimento virou assunto público e *a traça* foi aplicada, a começar pelo seu departamento, o mundo caiu-me literalmente em cima, concluiu.

– E o resto é o que se sabe,

disse-me Flor.

E esperou que eu reagisse, ou que meu coração finasse de vez, mas eu, juro, não senti nada, não sei se por descanso prévio ou pensamento turvo, como não sei discernir até hoje se a senhora Rita não terá mesmo escrito a página mais decisiva de toda esta história, na verdade, a história do Livro que me escreveu.

Flor respeitou o meu silêncio e fomos dormir com uma paz que nem aos aleitados se conhece. Pela primeira vez em sessenta anos, acordei-a no meio da noite, deitei sua cabeça sobre o meu coração, lembrei-lhe do pecado de um dinheiro furtado a Deus na missa do galo, do pedido que me fez e do meu juramento, fiz-lhe pedido idêntico, que me guardasse um segredo, prometes?, perguntei, prometo, jurou, e eu revelei:

– Enterre o Livro comigo.

Ela regou-me de lágrimas, abraçámo-nos, e nesse abraço ficámos abrigados até há bem pouco tempo, quando o imprevisível voltou a escrever mais um capítulo: afinal, fui eu a enterrar o Livro com Flor, e hoje, ao decidir escrever esta história, rompo em nome do nosso amor a promessa de uma vida.

Fim

Este livro foi editado em maio de 2025
pela Solisluna Design e Editora e Selo Emília.
Impresso em papel pólen bold 90 g/m².
Produzido na Gráfica Leograf, em São Paulo.